हिन्द पॉकेट बुक्स

पापी

रांगेय राघव का मूल नाम तिरूमल्लै नंबाकम वीर राघव आचार्य था; लेकिन उन्होंने अपना साहित्यिक नाम 'रांगेय राघव' रखा। इनका जन्म 17 जनवरी, 1923 श्री रंगाचार्य के घर हुआ था। इनकी माता श्रीमती कनकवल्ली और पत्नी श्रीमती सुलोचना थीं। इनका परिवार मूलरूप से तिरुपति, आंध्र प्रदेश का निवासी था।

रांगेय राघव हिंदी के उन विशिष्ट और बहुमुखी प्रतिभावाले रचनाकारों में से हैं, जो बहुत ही कम उम्र लेकर इस संसार में आए, लेकिन जिन्होंने अल्पायु में ही एक साथ उपन्यासकार, कहानीकार, निबंधकार, आलोचक, नाटककार, कवि, इतिहासवेत्ता तथा रिपोर्ताज लेखक के रूप में स्वयं को प्रतिस्थापित कर दिया, साथ ही अपने रचनात्मक कौशल से हिंदी की महान सृजनशीलता के दर्शन करा दिए। रांगेय राघव ने हिंदीतर भाषी होते हुए भी हिंदी साहित्य के विभिन्न धरातलों पर युगीन सत्य से उपजा महत्त्वपूर्ण साहित्य उपलब्ध कराया।

पापी

रांगेय राघव

हिन्द पॉकेट बुक्स
पेंगुइन रैंडम हाउस इम्प्रिंट

हिन्द पॉकेट बुक्स

यूएसए। कनाडा। यूके। आयरलैंड। ऑस्ट्रेलिया। सिंगापुर
न्यू ज़ीलैंड। भारत। दक्षिण अफ्रीका। चीन

हिन्द पॉकेट बुक्स, पेंगुइन रैंडम हाउस ग्रुप ऑफ़ कम्पनीज़ का हिस्सा है,
जिसका पता global.penguinrandomhouse.com पर मिलेगा

पेंगुइन रैंडम हाउस इंडिया प्रा. लि.,
चौथी मंजिल, कैपिटल टावर -1, एम जी रोड,
गुड़गांव 122 002, हरियाणा, भारत

पेंगुइन
रैंडम हाउस
इंडिया

प्रथम हिन्दी संस्करण हिन्द पॉकेट बुक्स द्वारा 1969 में प्रकाशित
यह हिन्दी संस्करण हिन्द पॉकेट बुक्स में पेंगुइन रैंडम हाउस द्वारा 2022 में प्रकाशित

10 9 8 7 6 5 4 3 2

ISBN 9789353495534

मुद्रकः रेप्रो इंडिया लिमिटेड

www.penguin.co.in

FSC
www.fsc.org
MIX
Paper from responsible sources
FSC® C047271

This is a legitimate digitally printed version of the book and therefore might not have certain extra finishing on the cover.

पापी

बरौठा गांव के छप्पर दूर से ही मटमैले दिखाई देते। उनमें किसी-किसी पर बरसात की उजली बूंदों ने अपना ऐसा प्रभाव दिखाया था कि वे काले पड़े-से लगते थे। हवा कभी जब तेज़ बहती और चित्रों से सज्जित बिटौरों से टकराती, उनपर जाकर लोटती तब उनपर चढ़ी बेलों की तोरइयां हिल उठतीं। खासी आबादी थी और बीच में एक मन्दिर का शिखर उसकी आध्यात्मिक शक्ति का पत्थर-प्रतीक था। घर पक्के भी थे, कच्चे भी। कच्चे कई, पक्के कम और अपने ऊपर पुती सफेदी के कारण दूर ही से चमकते-से दिखाई देते थे।

गांव राजस्थान की सीमा पर था, और उत्तरप्रदेश का नगर आगरा उसके पास ही पड़ता था। आसपास का प्रदेश यदि पन्द्रह मील ऊपर से देखा जाए तो ऐसा लगता जैसे एक धब्बा यह गांव था जो हरी और भूरी धरती के बीच में था और दूर एक और मोटा धब्बा आगरा था। वहां से शायद यह नहीं दीखता कि सम्राट अकबर का बनाया बुलंद दरवाज़ा इस गांव की बाईं ओर रेलवे लाइन से हटकर खड़ा था। अवश्य आगरे के पास बहती नीली जमना एक धुंधली काली रेखा-सी दिखाई देती। लेकिन यह सब कयास की बात है क्योंकि परिंदे उपन्यासों में कभी दिलचस्पी नहीं लेते, न वे साम्राज्य बनाते हैं कि धरती की इस तरह देख-रेख करें।

शहर की तरफ बसें दौड़तीं। उनमें खचाखच भीड़ भरती और वे औरतें जो धूप में काम करने में कभी न थकतीं, मोटर का किराया देते ही कहती: 'ऐ मोटर वारे! बदबोई से सिर भिन्ना रहा है। गरमी मारे डारै।

जल्दी चला।' जब मोटर चलती तो वे सधे मगर खड़े स्वर से अपने माथे और हाथों पर गहनेनुमा बंधी चांदी की पतली जंज़ीरों को हिलातीं, बच्चों को जांघों पर बिठाए गाने लगतीं। यहां से बसें आगरे भी जातीं और उधर महुआ हिंडौन होकर करौली भी जातीं। महुए वाली जैपुर-मंडावर से मिला देती और फिर रह ही क्या जाता था। भुसावर और बयाना और रुदावल भी दूर नहीं रहते थे। यों वह बरौठा गांव अब भी पुराने ढर्रे का बना था। उसके कोठों का संकरा पटाव होता, क्योंकि वे वहां चीरियां डालते, या 'गाटर' डालने पर चौकों का भी पटाव होता, क्योंकि दुमंज़िले चढ़ने वाले ज़रा बड़ी बैठक बनवाते। पर घर प्रायः जातियों के अनुकूल बनते। मुहल्ले भी जातियों में बंटे थे और प्रायः ही एक घर से दूसरे घर की देखभाल मुश्किल नहीं थी, क्योंकि वे आंगनदार होते। और छतों या ऊपर के कोठों से झांकने से दिखना कठिन न होता। पर यह बात लोगों के हिफ्ज़ में थी, उसपर कोई वैसे ही गौर नहीं करता था, जैसे स्कूल मास्टर की औरत को भैंस लिए 'हरा' काटकर सिर पर गट्ठर लाते देखकर कोई ध्यान नहीं देता था। मास्टर स्कूल में मास्टर था, बाहर वह, अगर उसके पास छोटा-सा खेत हुआ, तो उसमें खाद भी आप ही डाल लेता था। शहर की वह बनावट यहां नहीं थी, जिसमें 'श्रम' भी 'सम्मान' का अंग था, लेकिन गांव में इस 'श्रम' को 'महत्त्व' नहीं माना जाता था, उसे गरीबी का लक्षण और अनिवार्य अंग समझकर स्वीकार कर लिया गया था।

इसलिए जब बौहरे परिवार की बहू जाविली बावड़ी के हनुमान की तरफ इकली जाती तो कोई नहीं देखता। सोचते, जाती होगी। वह मुंह पर घूंघट काढ़े रहती। प्रायः ही औरतें आती-जातीं। दिन में किसीको कोई भय नहीं था।

पर जब जाविली ने पीपल के पेड़ के पास के झुरमुट के पास से जाते हुए, उस गुंजान छाया में जिस गति से गुज़रना चाहिए था, उसमें न निकलकर, कुछ देर में वह रास्ता तय किया और उस ओर से गांव का छबीला जवान रूपनरायन निकलता दीखा, सुनार बिहारी की मूंछे अपने-आप अपनी जवानी पर कुंठित-सी हो गई और उसने कुछ संदेह से सिर हिलाया। पर

ऐसी कोई ज़्यादा देर भी नहीं हुई थी कि वह कुछ निर्णय कर लेता।

फिर जाविल्री का पति किशनलाल तो रूपनरायन का खास दोस्त था। यों रूपनरायन बड़ा ज़रूर था, क्योंकि किशनलाल रूपनरायन की पत्नी सोमोती को भाभी कहता था और इस नाते रूपनरायन के लिए जाविल्री का दर्जा 'बहू' का था, पर बिहारी इन बातों को सोचते हुए ऊब गया। वह बढ़ चला। रूपनरायन चला गया तो अपने-आप बिहारी की आंखों ने मुड़कर देखा कि जाविल्री दूर एक पेड़ से लगी खड़ी थी और सामने एक आदमी और था। बिहारी ने गौर से देखा। मंगल था।

मंगल रूपनरायन के खेतों में हल चलाता था, उसका 'हारी' था और रूपनरायन के खेत भी उस तरफ ही थे, थे ज़रा सन्नाटे-से में। उसकी डौरों पर तो घने पेड़ थे ही, किसी वक्त की खोदी हुई एक कच्ची कुइया ढहकर झेरा बन गई थी, जिसके चौड़े गड्ढे में से लम्बे और घने पेड़ निकल आए थे। उनके पास ही 'खिरान' पड़ता था, दांय होती थी, रास बरसती थी और आदमी फिर नाज इकट्ठा कर लेता था। शायद वे खेत से लौट रहे थे। और तभी मंगल से जाविल्री की बातें हो रही थीं, क्योंकि मंगल उसके पड़ोसी का नौकर था और नौकर से पर्दा गांव में तब होता है, जब वह बड़ा-बूढ़ा हो। मंगल पट्ठा जवान था। अगर वह रूपनरायन का नौकर न होता, और उसका-सा ही गोरा भी होता तो गबरू कहलाने से उसे कौन रोक सकता था!

गांव में औरत पच्चीस की हुई कि पता ही नहीं चलता कि वह चालीस और पच्चीस के बीच कहां है। मर्द की जात तीस से पचास तक पता नहीं चलती। सफेद बाल आने लगें तब उसी समय बुढ़ापा शुरू होता है। जवानी बीस और पच्चीस तक हो लेती है। यही बत्तीस एक साल का था बिहारी। उसे लोग बूढ़ों के साथ भी हुक्का पीते हुए देख लेते थे और जवानों की जब भंग घुटती थी तब वह बुजुर्ग बना मिलता था। उसकी दूकान नहीं के बराबर चलती थी, लेकिन गुज़र एक ऐसी चीज़ है जो अकेले आदमी को ज़्यादा तंग नहीं करती, क्योंकि मजबूरी में वक्त की दुहाई देकर अपना मन मार लेना बहुत कठिन काम नहीं होता और काल्पनिक भविष्य की सुखद आशाओं के सपनों पर कुठाराघात करने वाला भी कोई साझीदार

नहीं होता। वह रामलाल का दोस्त था। रामलाल किशनलाल का भाई था छोटा, अतः उस परिवार के प्रति अनजाने के मान-सम्मान में बिहारी सुनार को अनुरक्ति थी। उसी घर में तीन भाई हैं, एक रंडुआ रामलाल, छोटा है कंवारा मदनलाल। जो गिरस्ती की धुरी है, सो किशनलाल, क्योंकि उसकी ब्याहता घर है। उसीकी पत्नी यों सुने रास्ते चले!

गांव में मसल मशहूर है कि बैल को हल, लड़के को मदरसा और लड़की को सुसराल ठीक रखते हैं। लेकिन सुसराल तो असली वह है जहां सास हो। रामलाल तो रहे दिन-भर दूकान, मदन की बिसात क्या! और किशनलाल!

यह याद आते ही बिहारी को न जाने क्यों नफरत से फुरफुरी-सी हो आई। जैसा वह, वैसी उसकी औरत!

कैसी ऐंड के खड़ी बतराती है। मरा घूंघट भी ऐसा कि जो चाहे देख ले। मंगल भी कैसा लट्टू खड़ा था!

बिहारी अब उत्तर की तरफ से मुड़ गया और खिरकान वाले कुएं के पास से बढ़ा कि उसे किशनलाल मिला। बत्तीस एक साल का युवक।

उसने कहा: 'राम राम भैया!'

'राम राम!' बिहारी ने कहा: 'बहुत पीछे रह गए तुम?'

किशनलाल ने चौंककर कहा: 'पीछे? कैसे?'

'मैंने जानी, कहीं दोनों जा रहे थे।'

गांव का रिवाज है, अक्सर ही दीखेगा कि गांव वाला इस मामले में अंग्रेज़ होता है कि अपनी औरत को संग ही लेकर चलता है, लेकिन थोड़ा देसी होता है कि, आप आगे चलता है, औरत पीछे चलती है। अंगरेज़ों में मर्द बोझा उठाकर चलता है, गांव वालों में बक्स औरत लेकर चलती है।

'दोनों कौन?' किशनलाल ने पूछा।

'तुम और बहू।'

'नहीं तो?'

'सो ही तो! मैंने जानी पानी-वानी पीने रुक गए होंगे। तो बहू इधर कहां जा रही थी? लोटा भी हाथ में न था!'

उसने व्यंग्य को समझा और कहा: 'हनुमानजी के गई होगी।'

बिहारी ने विषय बदला।

बोला: 'जे बात सच है?'

'कौन-सी?'

'तुम सहर जा रहे हो?'

किशनलाल हंसा। और बोला: 'बात यह है कि भैया बड़े सीधे आदमी हैं।'

'अरे यह क्या हमें बताते हो! सोना है। दूध का धुला। बजाजी में कम बेईमानी है? मगर रामलाल! मजाल है। न देखा, न सुना! हमारी अपने यार से पटती ही इसलिए है।'

उसने गर्व से सिर हिलाया। किशनलाल मन ही मन खिसिया गया। उसने झेंप मिटाते हुए कहा: 'पर इतने धर्मात्मा हैं। इसीसे तो डर लगता है।'

'डर कैसा?'

'घर-गिरस्ती के आदमी,' उसने कहा: 'देखो! लड़ाई में कण्ट्रोल की दुकान मिली थी। साफ वापिस कर दी कि इसमें बिलैक के बिना बचत नहीं है, सो हम करेंगे नहीं। ठीक है! तुम्हारे आगे-पीछे नहीं, भइया के आगे-पीछे नहीं, सो कोई चिन्ता नहीं। अकेला आदमी धर्मात्मा बन सकता है, पर दुनिया में रहकर गिरस्ती चलाकर भी बना रहे, वही कठिन काम है।'

'यह तो मन का भाव है किशनलाल! नहीं कुछ में सब कुछ है, नहीं तो सब कुछ में भी कुछ नहीं है।'

यह घोर दार्शनिक बात कहकर बिहारी ने शून्य दृष्टि से आकाश की ओर देखा और फिर कहा: 'क्यों भइया! एक बात है।'

किशनलाल मन ही मन तैयार हो गया।

बिहारी ने कहा: 'अभी मदन ने दरखास दे दी कि बड़े भाई रामलाल के नाम जो सारी पुस्तैनी ज़मीन की टीप है, सो तीनों में बंटे।'

'हां, मैंने तो कहा भी था।' किशनलाल ने कहा: 'ऐसा मत कर। मगर

माना नहीं। दे दी?' उसने कुछ आश्चर्य से पूछा।

'राम-राम!' बिहारी ने कहा: 'ऐसे देवता-से भाई पर भी संदेह! बामनों में कोई है गांव में, जो रामलाल का मुकाबला करे! बहू मरी, तब से उसने तो जोग-सा साध लिया है। वह अपने लिए कर ही क्या रहा है? कुछ नहीं। सोते-जागते, बस तुम दोनों की ही चिन्ता लगी रहती है उसे तो। किशनलाल! ऐसे आदमी सदा नहीं मिलते!' फिर उसने हठात् कहा: 'अच्छा! मदन ने तुमसे भी नहीं कहा कि अर्जी दे दी? उसने तो अपनी काश्त की बात पटवारी से कही। यों तो पटवारी ले-दे के कर देता, मगर रामलाल की काश्त है, चार बरस से उज़रदारी नहीं, फिर वो कैसे अचानक बदल देता? मैं समझता हूं उसने कुछ मांगा भी ज़्यादा होगा। मदन ने क्या किया जानते हो?'

फिर उसने उसे बड़ी संदेहभरी दृष्टि से घूरा। किशनलाल के मन में घृणा-सी उमड़ आई। मगर वह छिपा गया। बोला: 'तुम जाने कहां से हर बात समझ-जान जाते हो भइया। और वह भी परायों की!'

'पराये! रामलाल मेरा पराया है!' बिहारी ने अत्यन्त आहत होकर कहा। 'उसके लिए मेरे पास जो है, सो हाज़िर है। और ऐसे के लिए जान चली जाए तो क्या?' उसने फिर कहा: 'सो मदन ने रूपनरायन की तहसीलदार सा'ब से जान-पहचान का फायदा उठाया। उन्होंने हुक्म लिखा कि पटवारी फिर जांच करे और उसके मुताबिक रिपोर्ट दे। वे तो समझे कि कोई बात नहीं, मदन झट दस्ती कागज़ ले आया और जानते हो उसने क्या किया?'

किशनलाल का मुख उतर-सा गया, मगर वह बोला: 'क्या किया उसने?'

'गज़ब!' बिहारी ने कहा: 'उसपर हाथ से बढ़ा दिया अपने—ज़मीन तीन हिस्सों में बांट दी जाए और फिर अमल दराज़ का कागज़ पटवारी को दिया। उसने इन्कार कर दिया कि इस फैसलेहुकम का मतलब ही कुछ नहीं निकलता। वह तो कहो रूपनरायन ने कागज़ दबवा दिया, तहसीलदार सा'ब से कह-सुनकर, वरना मदन को जेल हो जाती। जालसाज़ी ठहरी किशनलाल।

है न?'

किशनलाल ने कहा: 'सच! ऐसा हुआ?'

'तुम्हें नहीं पता कुछ!'

'मुझसे कब पूछता है।'

बिहारी ने कहा: 'मैंने तभी तो उससे पूछा। बोला, यह लिखावट भइया किशनलाल की है।'

'राम-राम!' किशनलाल रुंआसा हो गया: 'ऐसा धूर्त है वह! मैं ऐसा कर सकता हूं बिहारी भैया!'

'यही रामलाल ने कहा—कि हो न हो कोई है जो मदन को नचा रहा है, वरना इसमें इत्ती अकल कहां जो कचहरियों की धूल को सिर-माथे दे।' उसने फिर पैनी आंखों से देखा, मगर किशनलाल मन ही मन विक्षोभ से भर गया था। उसने अपने को नियन्त्रित किया और सहसा ही वह मुस्करा दिया। और बोला: 'दुनिया भी कैसी अजीब है। भइया को मुझपर संदेह हुआ?'

'हुआ तो नहीं।'

'हाथ से सरकारी कागज़ में बढ़ाना!!'

'जेल थी जेल। तभी तो भइया के खिलाफ भाई चुप रह गया।' यह कहकर बिहारी ने नथुने फुलाकर मानो हवा को सूंघा। किशनलाल को लगा जैसे कोई शिकारी कुत्ता उसके पीछे लग गया हो। उसे अत्यन्त विक्षोभ हुआ। उसने बिहारी को ऐसे देखा जैसे वह कोई बौना था, तुच्छ था, और मूर्ख तो था ही।

उसने कहा: 'बिहारी भइया! अब तुमने कह दी। मैं तो यों नहीं कहता था कि घर की बात बाहर वालों से क्यों कहूं। पर तुम अब सब जानते ही हो। इतना है कि अपने ही तक रखना।'

बिहारी को 'बाहर वाला' कहकर उसे 'अपने ही तक रखने' की सलाह देकर वह मन ही मन बहुत प्रसन्न हुआ, क्योंकि, इसमें एकसाथ दो चोटें हो गईं, और चोटें भी ऐसी, जो बिहारी के मन को ऐसे रौंद गईं जैसे दो भारी बूट उसके दिल को कुचल गए। वह बोला: 'मैं तो रामलाल को पराया नहीं

मानता! और किसीसे कहूंगा क्यों? सच पूछो तो मैं तो इतनी बात भी न कहता। पर तुम्हारी इज़्ज़त को अपनी इज़्ज़त समझता हूं। कोई तुम्हारे घर के खिलाफ कुछ कहे, मुझे सुनने की बरदास नहीं है। उसीसे कह रहा था कि बहू की बात ठीक नहीं लगी मुझे।'

किशनलाल ने त्यौरी चढ़ाकर पूछा: 'क्या बात है?'

'अकेले भेज देते हो सब जगह!'

'और कुछ!'

'अब जो होगा वह भी बता देंगे।'

किशनलाल का मन भड़क उठा।

उसने कहा: 'इस गांव की सी तो कोई जगह ही न होगी। तभी मैं जाने की सोच रहा था।'

'ऐं!' वह चौंका। 'कहां?'

'अभी तो अकेला ही जाऊंगा।' किशनलाल ने सहसा स्वर बदलकर कहा: 'एक बात कहूं बिहारी भइया। दुनिया बहत बुरी है। इसमें किसीका भी भरोसा नहीं। बस तुमसे कहता हूं, वचन दो कि कहोगे नहीं।'

'मैं क्यों कहने लगा!'

'भइया से भी नहीं।'

'तो देखो!' उसने जेब से एक कड़ा निकाला जो सोने के पीलेपन से चमक रहा था। फिर कहा: 'यह है, बहू के मैके से मिला था। आज इसे खरीद लो, या बिकवा दो।'

बिहारी कुछ अवाक्-सा रह गया। फिर कहा: 'क्यों? तुम्हें ऐसी क्या ज़रूरत आ पड़ी।'

'अब तुम्हें क्या बताऊं। भइया तो बजाजी करते हैं। अब मैं इस ज़रा-सी दुकान में क्या करूं? कल को मदन का हिस्सा होगा। मैं तो कमा खाऊंगा। हाथ आगे पसारकर भइया को दुःख नहीं देना चाहता। वे हमें पालें तो हम हाथ पर हाथ धरे बैठे रहें। मैं कहता हूं, हमारा भी तो उनके लिए कुछ फरज़ है। बात तो तब जमे जब हम कमाएं वे खाएं। इसे बेच रुपया आए, तो थोड़ी बौहरगत जमाऊं।'

बिहारी ने मुस्कराकर कहा: 'इसमें क्या मुसकिल है। चलो बाज़ार अभी बिकवा दूं।'

'तुम्हीं न ले लो, घर के घर में माल रहे। किसीको पता भी न चले। ज़रूरत पड़े तो बिरादरी में बैठने-उठने के मौके पर मांग भी लें।'

'तुम भी कैसी बातें करते हो!' बिहारी ने इस अपनत्व से गद्गद होकर कहा: 'मेरे पास होते तो तुम्हारे लिए इन्कार था? रुपया होता तो दुकान ही अच्छी नहीं चलती? लोग मुझे सोना देते डरते हैं कि इकली जान है, कौन-से-खूटे से बंधा है, जो इसपर भरोसा करें। वो तो कहो, लोग जाएंगे नत्थी सुनार के पास। ज़माना जानता है चोरी का माल औने-पौने कौड़ियों के मोल लेकर गलाता है, हवेली चिनवा ली! औरत सिर में खुसबोई का तेल लगाती है। वह देता है पुलिस को।' बिहारी ने सिर हिलाया।

'तो तुम इसको बेचोगे?' किशनलाल ने कहा।

'नहीं, बदरी को दे दूंगा। बौहरा विश्वास का आदमी है।'

'हां, यह ठीक है। पर मेरा नाम न लेना।' किशनलाल ने कहा: 'मैं चलूं?'

'तुम जाओ। कब मिलोगे?'

'सांझ को।'

बिहारी चला गया तब किशनलाल हंसा और उसे जाते हुए देखता रहा।

बिहारी मुड़ गया तब किशनलाल जावित्री के प्रति संदेह-भरा हृदय लिए हनुमानजी की ओर चल पड़ा। वह राह में ही मिली। अकेली थी। किशनलाल ने कहा: 'हो आई?'

उसने कहा: 'हां। कहते हैं एक बाबाजी आए हैं पहाड़ के पीछे। बड़ी मानता है उनकी।'

किशनलाल झुंझला उठा। इस स्त्री को सिवाय बच्चे की चाहना के और कुछ जैसे था ही नहीं।

'चलोगे?' वह बोली।

'मदन को लेकर जाना।' उसने कहा: 'मुझे ज़रूरी काम से जाना है।'

वह फिर मुड़ गया। उसका मन और ज़्यादा खट्टा हो गया था।

बिहारी ने बदरी के घर में प्रवेश किया।

'कहो!' बदरी ने कहा। 'अब की तो भूल ही गए।'

'कहां!' उसने एकांत देख कहा: 'परेसानी थी।'

'सो कैसी?'

'किसीसे कहेगा तो नहीं?'

'मैं क्यों कहने लगा।'

बिहारी ने कड़ा निकाला।

'क्यों?' बदरी ने मन ही मन प्रसन्न होकर कहा, 'बनने आया है?'

'अरे नहीं। एक पड़ा था पुराना।' लेकिन वह झूठ बोल रहा था। यह उसके चेहरे पर साफ था।

'बेचोगे?' बदरी ने कहा: 'नत्थी के चले जाओ।'

'रखूंगा।'

'यह तो सोने का है।' उसने लेकर कहा।

'तभी तो तुम्हारे पास आया। रख लो। ठोस है। दे दो जो देते हो! पर सुनो किसीसे कहना नहीं।'

हठात् वह रुक गया। द्वार पर छाया दीखी। कड़ा हाथ में दिख रहा था। देखा किशनलाल था। उसने कड़ा बदरी की ओर सरका दिया। बदरी ने हाथ में लेकर रखा और कहा: 'कैसे आए पण्डितजी!'

किशनलाल की आंखें जैसे कड़े पर थीं। बोला: 'काम में लगे हो तो फिर आऊं!'

'नहीं, कहो।'

'भइया से कर लो बातें। मैं यहीं बैठा जाता हूं।' वह पौरी में बैठ गया।

कुछ देर में ही बदरी बिहारी को छोड़ने आया और वह किशनलाल को ले गया।

'कैसे आए?'

'यहां कौन है?'

'रंडुए के घर कौन होगा?' बदरी हंसा: 'तुम कहो।'

किशनलाल ने बहुत उदासी से एक कड़ा जेब से निकाला और सामने रखा।

बदरी ने देखा कि यह कड़ा ठीक पहले वाले का जोड़ा था। वह समझ नहीं पाया।

'हूं।' उसने कहा, 'फिर?'

'रख लो।'

'तुम्हारा ही है!'

'क्या मतलब!' किशन ने तड़पकर कहा।

बदरी सहम गया। उसने कुछ नहीं कहा।

किशनलाल ने कहा: 'इसका जोड़ा चोरी हो गया है बौहरे! जिसने चुराया है वह भी मुझसे छिपा नहीं है। पर मेरा मुंह बन्द है क्योंकि मेरे घर में ही मेरा विश्वास नहीं है। समझे! तुम अपने आदमी हो, इसलिए तुमसे कहता हूं। घरवाली कितना-कितना न रोई होगी। मगर क्या किया जाए! आज कड़ा लाया हूं, कल सारे जेवर भी ला सकता हूं। अलग रहने के लिए इन्तज़ाम तो करना ही है। कुछ भी हो!'

बदरी को रस आया। बोला: 'कैसे! कैसे! बात क्या हुई?'

'होनी थी सो हुई। अब क्या करना है उसका!' किशनलाल ने विरक्त स्वर से कहा। 'लेते हो? खरीद ही जो लो! आज चोर साहूकार बनते हैं। मैं सब जानता हूं। मगर करूं क्या! तुम यह न समझो कि सोने का नहीं है।' उसने स्वर बदलकर कहा: 'सोने का माल अभी हुआ नहीं असली, पर यह भी खरा है खरा। परख लो! चोरी का माल धरने नहीं आया। यह बिहारी कैसे आया!'

'उसका एक काम था!' बौहरे ने टाला।

'कोई बात ज़रूर होगी।'

'थी?'

किशनलाल इस उत्तर से आहत हुआ। बोला: 'होगी जी। अपने को

क्या! अपने को जब गंवाना ही है, तब चिन्ता क्या! घर के चोर से कौन जीता है।'

'तो बात क्या हुई?'

'तुम तो बताते नहीं। पर मैं बताता हूं कि सताया हुआ हूं। बदला नहीं लूंगा, यह सच है, मगर भगवान तो नहीं छोड़ेगा।'

'कुछ चोरी-वोरी हो गई!'

'ओहो! और रोना ही क्या है!'

'कौन ले गया?'

'जिसके हाथ पड़े, वो ले जाए!' उसने कहा: 'छोड़ो, क्या दोगे?'

बौहरे बदरी को परनिन्दा की कसर ने बहुत दुःख दिया। बोला: 'किशनलाल पण्डित! तुम अपने ही आदमी हो। ठहरो। आज एक आदमी की परख हो जाए। किसीसे कहोगे तो नहीं?'

'मैं क्यों कहूं? जो कहे सो तले को जाए। मेरा क्या सिर फिरता है।'

बौहरे भीतर गया। लौटकर बैठा और बोला: 'कड़ा निकालो।'

उसने कड़ा रख दिया।

बौहरे ने उसके बगल में एक और रख दिया। वह समझा था कि किशनलाल चौंकेगा। लेकिन वह मुस्करा दिया, आंखों में अथाह वेदना लिए। फिर बोला नहीं, सिर हिलाया, जैसे 'पता है'।

'यही है जोड़ा?'

'हां, बौहरे!'

'कौन लाया?'

'नाम मत बुलवाओ! तुम्हें खुद पता है।'

'तो चुप क्यों हो?'

'मैं भइया के सामने कैसे सिर उठा सकता हूं। जो चाहें करें।'

'और यही क्या भरोसा है कि वह ही नहीं कर रहा है?'

'फिर भी जिसे भगवान ने पहले भेजा, उस भगवान की कोई तो मर्ज़ी रही ही होगी। हमें तो सब सहना है।'

बदरी ने सिर हिलाया।

जब किशनलाल लौटा तो जेबों में नोट थे। घर आकर उसने जेब से दो और कड़े निकालकर बक्स में रखे और ताला बन्द कर दिया। जावित्री आंखों में काजल लगाए मुंह दिखाती-छिपाती रोटी के लिए पूछने आई।

खाना खाकर वह लेटकर बीड़ी पीने लगा। जावित्री बैठकर पांव दबाने लगी।

'तू बाबाजी के यहां मदन को लेकर कब जाएगी?'

'मैं कहूं, तुम चलो मेरे साथ।'

'क्यों?'

'मैं उनसे कहूंगी कैसे? लालाजी से कहना पड़ेगा सब। मुझे शरम आएगी। तुम कह देना।'

'और भी तो जाती होंगी!'

'हां, हां, क्यों नहीं।'

'तो मुझे शरम लगेगी। तू औरतों के साथ ही हो आना।'

उसने करवट बदल ली। वह प्रसन्न हो गई। चाहती भी यही थी। संग-साथियों में जो आज़ादी थी वह पति के साथ कहां मिलती। बोली: 'दो रुपये खर्च होंगे।'

'होने दे! घर में उजाला होगा। बंस चलेगा।'

वह पुलकित हो उठी।

पर वह शायद औंध में था। वह उठ गई। दुपहर ढलने लगी थी कि अचानक चूड़ियों के बजने से किशनलाल की आंखें खुल गईं। वह उठ बैठा। बीड़ी सुलगाई, उठा और आले में रखे कंधे को बालों में फेरा। तभी दीवार में एक संध पर नज़र पड़ी। पुरानी चिनाई में काठ के तख्ते रखकर कोई खिड़की बन्द कर दी गई थी। अचानक ही संध के पीछे कोई हिला। उसने देखा तो देखता ही रह गया। बिजली-सी कौंध गई।

सोमोती नहा रही थी, रूपनारायण की पत्नी, जिसे वह भाभी कहता था। रूपनरायन उसका मित्र था और गहरा था। परन्तु हज़ार बार माथे तक

घूंघट-ढंके रूप को देखकर भी कभी किशनलाल को यह अन्दाज़ नहीं हुआ था कि सोमोती इतनी सुन्दर है। मामूली ईंटों की पौरी में से घुसकर जैसे कोई अकस्मात् संगमर्मर के कमरे में पहुंच जाए, तो अपने मन की संतुलित अवस्था को खो बैठता है, उसी प्रकार उसकी भी आंखें अटककर रह गई।

सोमोती नहाकर चली गई। गांव की बहुएं गुसलखानों में नहीं नहातीं, आड़ माने होता है गुसलखाना, वह तो चली गई किन्तु किशनलाल का मन न जाने क्यों भीतर ही भीतर छोटा होने लगा। वह हट गया। वह यह नहीं जान सका कि जब जावित्री की आहट सुनाई दी, तब तक कैसे वह करीब सात-आठ बीड़ियां फूंक चुका था!

जावित्री ने भीतर आकर कहा: 'अभी तक सो रहे हो! बाहर देखो। जेठजी खड़े हैं।'

एक नये जेठ की कल्पना उसे अच्छी नहीं लगी। पर वह बोला नहीं। देखा रूपनरायन था। बोला: 'जैराम उस्ताद!'

किशनलाल मुस्कराया और बोला: 'आओ यार! कहां का इंतज़ार करा डाला तुमने भी!'

रूपनरायन आ बैठा।

बीड़ियां सुलग उठीं।

किशनलाल घर से निकलकर जैसे स्वतन्त्र हो गया। उसने रूप से कहा: 'चलें?'

'कहां?'

'जहां पहले चले थे।'

'कौन एक जगह रही वह?'

'कोई नहीं, जिधर किस्मत ले जाए!'

'तो फिर आज भी चल।'

'यार उस्ताद! डर लगता है।'

'क्यों?'

'कोई देख ले तो!'

'अभी तक किसीने देखा है?'

'लेकिन जिस दिन देखना होगा, देख ही लेगा।'

'ओहो!' किशनलाल दार्शनिक की तरह हंसा। बोला: 'जिस दिन मरना होगा बेटा, घर पर भी मरेंगे, और जब तक जीना होगा तब तक जंगल में भी आबाद रहेंगे। बोल है कि नहीं यह बात!'

'सो तो है!' इस तर्क से पराजित होते हुए रूप ने कहा: 'सब किस्मत का खेल है। लेकिन...'

'अभी लेकिन बाकी है भाई मेरे!' किशन ने टोका।

'हां! उस्ताद! इसमें एक धुकधुकी-सी लगी रहती है, जाने कब खतरा आ जाए!'

किशनलाल ने कहा: 'तुम भी यार! कैसी बातें करते हो! भगवान देने वाला है, वही लेने वाला है। आज वह देना चाहता है तो एक हज़ार को सौ हज़ार करता है। जिस दिन उसकी नज़र फिर जाएगी, वह सौ को सिमेटकर एक कर देगा, जैसे गिद्ध के पंख सिमट जाएं तो वह भी बड़ा नहीं रहता। सोचकर देखो।'

'मुझे बाद में अपने पर कुछ झेंप-सी लगती है।'

'क्यों?'

'क्योंकि हम दूसरों को धोखा देते हैं।'

'धोखा कौन नहीं देता! मुनाफा क्या होता है? धोखा! व्यापार में धोखा है और सारी दुनिया में व्यापार है। तुम चक्की चलाके धर्म की कटौती करो। मेरे यार! बहुत क्या कहूं? बछड़े का दूध छीनकर दूध पीते हो और कहते हो कि हम दूधाधारी हैं। यह तो भरम है मन का। जमा कैसे होती है दौलत? धोखे से।'

'तुम तो वह बात करते हो जो भले ही सच हो, मगर अच्छी नहीं लगती। न्याव और भाव भगवान के दरबार से आते हैं। तुम चोरी-चकोरी को ठीक कहते हो। जो किसी दिन पड़ गए पुलिस के चक्कर में...'

किशन ने काटा: 'चक्कर में पड़े घनचक्कर! पुलिस इसलिए बनी ही नहीं है कि वह आपको किसी व्यापार में रोके। वह तो इसलिए बनी है कि 'राज' का हिस्सा 'राज' को देते जाओ। जो खुले रोज़गार हैं, उनपर 'टैक्स' लगता है, जो छिपे हुए हैं उनपर 'रिश्वत' खर्च होती है।'

'वाह, वाह!' रूप ने ठहाका लगाया: 'उस्ताद बलिहारी तेरी। चल तेरे लिए जान हाज़िर है। यों तू मुझसे महीने दो महीने छोटा ही होगा...'

सामने से मास्टर केदारनाथ चले आ रहे थे। बूढ़े हो गए थे, रिटायर्ड थे, मगर अभी तक मसखरी की आदत नहीं गई थी। उनका नाम लड़कों ने कई दशाब्दियों पहले 'आलूबुखारा' रखा था। किरोड़ी खाती की 'पोदीने की चटनी' को लोग भूल गए, सुक्खी बराई की, 'अजी नैक सुनते जाना' की बहार भी फीकी पड़ गई, मगर केदारनाथ का आलूबुखारा अभी तक वैसा ही बरकरार था। खुद छेड़ते थे। सुन ही लिया आखिरी वाक्य। बोले: 'बच्चा बिचारा!'

दोनों मित्रों ने मुस्कराकर कहा: 'आलूबुखारा!'

मास्टर साहब बोले: 'धत् तेरे की। अकल का मारा। अरे नाम ले किसी हलुआ-पूड़ी का। किस कूड़े-कजूरे का नाम ले लिया...'

वे चले गए, दोनों आगे बढ़ गए।

बस का अड्डा आ गया।

रूप के आंगन में सोमोती ने गाय को सानी कर दी, क्योंकि वह हार से लौट आई थी। आज उसको उल्टी-उल्टी ही आई थीं। वह समझ रही थी। छतपर जाकर देखा कि कोठे के सामने जाविली बैठी आड़ में बाल काढ़ रही थी, सामने ऐना रखकर। जाविली ने सोमोती को देखा तो उसे लगा कि वह निष्प्रभ हो गई थी। किसी-किसी में यह हीनत्व की भावना होती ही है। इसीलिए सामने आने पर वे चिढ़कर बातें करते हैं, किन्तु पीछे से उसीकी मन ही मन प्रशंसा करते हैं।

'लालाजी तो गए।' सोमोती को सुनाकर जाविली ने कहा: 'तुम्हारे वे ले गए उन्हें।'

सब जानते थे कि रूप शहर सामान लेने जाता है तो साथ में किशन को भी ले जाता है। जाविली का मन इससे भी कचोट खाता था क्योंकि रामलाल और बिहारी इसपर टीका-टिप्पणी करते थे...

'वो तो काम से जाता है...'

'और क्या कोई सब बेकार घूमते हैं...'

'घर है, गिरस्ती है, पता नहीं, कब इसमें बड़प्पन आएगा, यह तो योंही चल देता है...खैर, लड़कपन है, सब संभल जाएगा, जानता है, मैं घर पर हूं ही...'

सोमोती ने कहा: 'कुछ टूट-फूट गया होगा?'

'तो जेठजी तुमसे भी कह नहीं गए?'

सोमोती ने कहा: 'मर्द घर का मालिक ठहरा। हमें पूछके जाना है कि उसको!'

जावित्री ने आंखें तरेरकर कहा: 'मर्द पर कोई अंकुस नहीं।'

सोमोती ने कहा: 'बहू!' यह उसके गौरव का प्रतीक था, जिसे सुनकर जावित्री मन ही मन जल उठती थी। वह कहती रही: 'बाहर के काम में हम बोलें भी तो क्या?'

'हां, जिठानीजी!' उसने स्वर में व्यंग्य भरकर कहा: 'पर तुम्हें देख मुझे सच अचरज होता है।'

'सो क्यों बहू?'

'यों कि वे गए तो हमारे घर में मानस तो हैं, पर तुम्हारे यहां कोई नहीं। चोर-चकोर हैं!'

'घर में मंगल सोएगा न?'

'मंगल तो फिर नौकर ठहरा। क्या भरोसा?'

'क्यों! वह तो उनके भरोसे का आदमी है।'

'पर लुगाई को तो क्या भरोसा! नीयत तो नीयत ही ठहरी। होसियार रहना!'

सोमोती चिढ़ गई। बोली: 'आप ठीक तो किसकी हिम्मत बहू। गांठ बांध रखो।'

अंधेरा छाने लगा।

वह नीचे उतरी।

'कौन?'

बैल लाकर मंगल बांध चुका था।

'मैं हूं।'

'देर कर दी! भाभी! पर तुमने तो चूल्हा भी नहीं सुलगाया!'

'जी ठीक नहीं था। अभी करती हूं।'

'भइया क्या सहर चले गए?'

'हां, ऐसा ही लगै।'

'हज़ार बार कह दी है, मगर मजाल है कि कहके गए हों।'

'वे मालिक ठहरे मंगल।'

'तो मैं कब कहता हूं नहीं हैं', मंगल ने विद्रोह के से स्वर में कहा: 'पर चिन्ता तो नहीं होती।'

'हां, यह तो है।'

'मुझे जाना था।'

'कहां?'

'एक मंडली आई है। बड़े ज़ोर का नाटक हो रहा है।'

'घर में कौन रहेगा! मैं इकली ही रह लुंगी?'

'रह लो तो क्या है! क्या डर है?'

वह भुनभुनाई धीरे-धीरे: 'मरे! घी खाते बखत तुझे कुछ और बना दिखूं मैं! अब अपना काम पड़ा है तो लाला को फिकर ही नहीं है।'

वह बोला: 'क्या बात है?'

'तू जा, तुझे मतलब!'

'कहो न?'

'तू जा! चुप रह!'

'अच्छा! तुम गुस्सा करती हो?' उसने कहा: 'मैं जैसे काम ही नहीं करता। एक दिन नाटक क्या देखने की कह दी! मजूरों जैसा काम करता तो तुम्हारी भी तबियत ठीक रहती!'

सोमोती को हंसी आ गई। फिर कहा: 'तू जा। देख आ। बाहर ही सो रहिए, लौटकर। मैं तो द्वार बन्द कर लूंगी।'

'कर लेना।'

जब मंगल रोटी खाकर चला गया तो सोमोती ने एक रोटी खाई। और द्वार बन्द करके लेट रही।

2

और बस रुक गई।

किशन और रूप उतर पड़े।

शहर आ गया था आगरा। वे रेल की बजाय इस रास्ते से ही आए। फतहपुर सीकरी पर गाड़ी बदली। यों तो सड़क बड़ी खराब थी और उधर बस नहीं चलती थी, किन्तु शादी की एक बस ने उन्हें उस सड़क पर भी पार करा दिया। और रोडवेज़ में जगह मिलना क्या कठिन था, उस सूने रास्ते पर। अब वे किले के पास से शहर में घुसे। बाहर जहां सब सुनसान रहता था, अब दुकानें बन गई थीं। भीड़, चहल-पहल और बिजली का हमला-सा हुआ भिखारियों वाले पुल के नीचे से गुज़रते ही।

'यार, भूख लग रही है।' रूप ने कहा।

अब वे दोनों मुड़ गए और पीपल मण्डी की तरफ मुड़े और छोटी लाइन की तरफ से रावतपाड़े के कोने पर पहुंचकर एक होटल में जा बैठे। कुछ पुरानी कुर्सियां और दो-तीन बैंचें पड़ी थीं। बिजली की रोशनी में एक मोटा आदमी बैठा था और तीन लड़के खाना परोस रहे थे।

रोटियां लीं, उर्द की दाल ली, फिर खा-पीकर दोनों उठे और दूध में रबड़ी डलवाकर पी ली। चक्क होकर बीड़ियां सुलगाकर मुंह में पान दबाए दोनों सैर करने बाज़ार में निकल पड़े। जब किनारी बाज़ार खत्म हो गया तब किशन चांदी वालों की बाईं सड़क पर काश्मीरी बाज़ार की तरफ मुड़ गया।

'इधर कहां चल रहे हो?' रूप ने कहा।

'आ यार! किन चक्करों में पड़ा है।'

'कहां आखिर!'

'तू आ तो!'

काश्मीरी बाज़ार पीछे छूट गया।

किशन एक गली में मुड़ गया। रूप पीछे-पीछे चला।

किशन ने एक द्वार पर दस्तक दी।

'कौन है?'

'खोल! रैन बसेरा चाहिए।'

द्वार खुल गया। एक तीस साल की गेहुएं रंग की औरत ने द्वार खोला। उसकी आंखें नशीली-सी थीं। हाथ में काली चूड़ियां थीं कांच की, जिसकी वजह से उसका रंग बहुत ही साफ दिखाई देता था।

'अये, राजा तुम हो!' उसने किशन को देखकर कहा: 'बहुत दिनों में आए। ये कौन हैं तुम्हारे साथ?'

'हमारे दोस्त हैं।'

'बुला लो भीतर!'

रूप भीतर तो आ गया, किन्तु उसको भय ने घेर लिया। अब वह समझा कि वे एक वेश्या के घर आ गए थे। उसने धीरे से कहाः 'किशन! यहां कहां?'

'मेरे साथ रहोगे तो दुनिया के हर रंग दिखाऊंगा।' उसने धीरे से कहा।

औरत का नाम था अनारो। लौटी तो शराब की बोतल लिए थी। देसी मसालेदार!

किशन ने कहा: 'सिगरेट है?'

उसने पासिंगशो का पॉकेट बढ़ा दिया।

रूप ने किशन की ओर आदर-भरी दृष्टि से देखा।

किशन मुस्कराया।

प्रभात की पहली किरन जब फूटी तब जमुना किनारे की ठंडी हवा ने दोनों के मन को स्वस्थ कर दिया। दोनों चले जा रहे थे।

आगे एक अमराई थी।

रूप ने कहा: 'पानी तो पीते चलें।'

किशनलाल ने धीरे से कहा: 'नया इलाका है। क्या राय है?'

'कैसी?' रूप ने कुछ अविश्वस्त स्वर में पूछा।

'कोई नई मुर्गी फंसाई जाए?'

रूप का दिल हिल गया। पूछा: 'यहां कौन है ऐसा!'

अपनी पैनी आंखों से कुएं की जगत पर बैठे एक व्यक्ति को देखते

हुए किशन ने कहा: 'जब दाता देता है तो छप्पर फाड़कर देता है। कहते हैं कि अंधा बांटे रेवड़ी फिर-फिर अपने को देय—ऐसा एक आदमी रो रहा था। तभी दूसरे एक आदमी ने कहा: सूझते की क्या फूट गईं जो आगे बढ़ नहीं लेय। समझे। ज़माना ऐसा ही है। पंचायत के पंच चुने जाते हैं। तभी न जब वे आगे आते हैं। आगे तो आप ही आना पड़ता है। जो अपने को गाबदी समझता है वह गाबदी ही होता है। जो कुछ है यहीं है, अभी है, अपने लिए है।'

रूप का मुंह कुछ खुल गया।

किशन ने कहा: 'तू चल ज़रा आगे। इससे लोटा-डोर मांग—कहना पंडितजी को चाहिए। ठाकूर लगता है। है इसमें तेल। बात करने का मौका आवे तो मेरी तरफ देखना।'

रूप ने बढ़कर कहा: 'कौन लोग हो?'

'हूं!' मूंछों वाले ने गर्व से कहा: 'ठाकुर!'

'कौन ठाकुर?'

'पमार!' उसने और सिर उठाकर कहा। फिर बोला: 'तुम क्या करोगे। बखत ही ऐसा है। सारे खाती बामन और सारे नाऊ ठाकुर हो गए।'

रूप ने कहा: 'नहीं भइया! पूछता था कि पंडितजी को पानी पिलाना है। यहां हम हैं परदेसी। बिना पूछे कैसे ले लेते।'

'पालागन!' ठाकुर ने किशनलाल की ओर देखकर कहा। पचासेक साल का ठाकुर था। मूंछें तो काली थीं पर कनपटियों के बाल अब सफेद हो चले थे।

किशनलाल ने कहा: 'खुश रहो ठाकुर सा'ब।'

और कहा: 'पानी खींच ले नरायन।'

'नरायन' सुनते ही रूप चौकन्ना हो गया। ऐसा पहले भी हुआ था। वह एकदम समझ गया कि किशनलाल अब इसपर कोई जादू करेगा, तभी तो उसने नाम छिपाया है।

'ठहरो!' ठाकुर ने कहा: 'मैं लोटा-डोर देता हूं। लोटा मांज दूं।'

फिर उसने मिट्टी लोटे में डालते हुए कहा: 'किस गांव से आना हुआ?'

'कानपुर की तरफ के हैं।' किशनलाल ने उत्तर दिया। रूप ध्यान से सुनने लगा।

ठाकुर ने लोटा धोते हुए कहा: 'इधर कैसे आना हुआ?'

'यात्रा पर निकले थे। जमूनाजी के तीर बैठे, फिर सोचा बटेश्वर चलें।'

'बटेश्वर तो उल्टे हाथ को रह गया। लौटना पड़ेगा।' ठाकुर ने लोटा देते हुए कहा।

'हमारे लिए क्या लौटना!' किशनलाल ने कहा। उसके स्वर में लापरवाही थी। वह कहता गया—'जहां जाते हैं वहीं वही दीखता है।' फिर डांटकर कहा: 'नरायन! पानी लाया?'

किशन बैठ गया। ठाकुर प्रभावित हुआ। सीधे पूछने की हिम्मत नहीं पड़ी। कुएं पर पानी खींचते रूप के पास जा खड़ा हुआ और धीरे से कहा: 'पंडितजी तो बड़े मस्त हैं।'

'सिद्ध हैं सिद्ध!' रूप ने धीरे से कहा: 'मगर तुम कहना नहीं। हमसे नाराज़ होंगे। हम भी इसीलिए पीछे लगे डोलते हैं।'

ठाकुर आतंकित-सा हो गया। बोला: 'रहते कहां हैं?'

'तुम भी गाबदू हो!' रूप ने कहा: 'सुना नहीं। विचरन करते हैं। साधू हैं। सट्टेबाज बहुत तंग करने लगे, क्योंकि इनके मुंह से निकली बातें झूठी नहीं होतीं। तो इन्होंने यह भेस पहना कि कोई पहचाने नहीं। तुम तो जानो कोई कमाई तो करनी नहीं है कि गेरुआ हीं पहनते, मगर कमी इन्हें किसीकी नहीं पड़ती।'

ठाकुर ने कहा: 'तो आज मेरी कुटिया पै पधारो!' उसने हाथ जोड़ दिए। 'वह दूर मेरी ही हवेली दीख रही है।'

'नहीं भाई!' रूप ने कहा: 'सो तुम पूछो। मैं इतनी आफत मोल नहीं लेता। हवेली में ले जाओ तुम, डांट खाऊं मैं। फिर वहां तुम कुछ का कुछ कहोगे! तुम्हारे यहां भीड़-भब्बड़ होगा। महाराज एकान्तप्रिय हैं।'

'कौन है वहां। बस मैं, मेरी घर से, और है ही कौन अब! हारी होगा!' ठाकुर ने दयनीय स्वर से कहा: 'सब छिन गई ज़मींदारी। अब क्या रहा है! थे, कभी हम भी थे!'

यह कहते-कहते दयनीयता और गौरव की सम्मिश्रित भावना उसकी आंखों में सुलग उठी।

'जाओ, जाओ!' रूप ने कहा। 'क्यों खतरा मोल लेते हो ठाकुर सा'ब! महाराज प्रेतों से बातें करते हैं। लोग डरेंगे?'

ठाकुर तो गद्गद हो गया। बोला: 'ऐसे ही सिद्ध के दरसनों की प्यास थी। पुरानों में पढ़ा-सुना था, देखा न था। हज़ार बेईमान घूमते हैं। उन्हें टिकने नहीं देता मैं। मगर एक बार कुछ देख लूं तो भरोसा भी हो।'

रूप हंसा। बोला: 'परीच्छा तो वो दे तुम्हें जिसे कुछ चाहना हो। वे चले जाएंगे या नहीं, पहले यह भी तो पता चले।'

ठाकुर ने डरते हुए कहा: 'तुम कहो भइया!'

'तुम ही कहो!'

'मुझे डर लगता है, कहीं नाराज़ न हो जाएं।'

'जैसे मुझे नहीं लगता! कल ज़रा नाराज़ हो गए थे तो पत्थर ले के खड़े हो गए कि जा साले भाग—मेरे संग मत चल। आज कहीं फिर बिगड़ गए तो!'

पानी का लोटा लेकर वह उतरा। किशन ने मुंह लगाकर पानी पिया और दूर फेंक दिया। ठाकुर चमक उठा। रूप ने दौड़कर उठाया और देखा। उसमें दौंचा पड़ गया था। ठाकुर से बोला: 'लो, यह लो।' उसने पांच का नोट अंटी से निकालकर हाथ बढ़ाया। 'तुम कुछ फिकर न करो। दूसरा ले लेना। पर उनसे कुछ न कहना।'

ठाकुर देखता रहा। उसने रूप का हाथ पीछे हटा दिया और किशन के चरण पकड़कर बोला: 'महाराज!'

किशन जैसे नींद से जगा। बोला: 'कौन?'

'मैं हूं हाकिमसिंह, महाराज!'

'हवेली वाला हाकिमसिंह!'

'हां महाराज!' ठाकुर का मन हाथ से जाता रहा।

'क्या चाहते हो?' वही निर्लिप्त स्वर।

'कुछ नहीं महाराज!' अभी वह बात पूरी भी न कर पाया कि किशन ने

काटकर कहा: 'तो जाओ।'

'महाराज,' उसने दयनीय स्वर से कहा।

'क्यों ठहराना चाहता है हमें ठाकूर! जो भगवान ने दिया है उसमें सबर कर। इस संसार में तेरा कौन है?'

'कोई नहीं महाराज!' वह गिड़गिड़ा उठा।

'तो फिर तू खज़ाना क्यों चाहता है?'

'महाराज!!' वह पांवों पर सिर रखकर पुकार उठा: 'कुछ नहीं चाहता। बस एक बार चरनरज से कुटिया को पवित्र कराना चाहता हूं। शोभा हो जाएगी। खज़ाना खुल जाएगा।'

किशन ने नरायन को दिखाकर कहा: 'इसको भगा दे। यह हमको कष्ट देता है!'

रूप ने हाथ जोड़ लिए।

किशन कहता रहा: 'हम सिद्धि से ऊपर उठना चाहते हैं, यह हमें अपने संसारी लाभ के लिए खींचता है।'

रूप ने बीड़ी निकालकर बढ़ाते हुए कहा: 'महाराज! बीड़ी पिएं।'

'नहीं!' किशन ने हाथ की मुट्ठी खोल ऊपर उठाई, ठाकुर ने देखा खाली हाथ था। बोला: 'आ!' हाथ नीचे करते हुए उसने मुट्ठी भींच ली और जब हाथ खोला तब हाथ में बीड़ी थी। पूरे बांह का कुर्ता था। किशन ऐसी हज़ारों हाथ की सफाइयां जानता था। वह गाता भी था। यह सब उसने लड़कपन में सीखा था।

किशनलाल ने कहा: 'तू समझता है, कि तू हमें देता है। वह है हमें देने वाला!'

'आहा हा हा!' ठाकुर ने विभोर स्वर में कहाः 'क्या बात कही है। महाराज! आप तो सिद्ध ठहरे। पर हम गिरस्तों को भी यही कहा गया है:

जब दांत न थे तब दूध दियौ
जब दांत दिए तो का अन्न न देगौ!

'अभी धरम है, अभी ब्राह्मन ब्राह्मन है।'

किशनलाल ने कहा: 'ठाकुर! चल हम वहीं चलेंगे। पुराने ठाकुर अभी

वहीं हैं।'

'महाराज, वे तो स्वर्गवासी हुए।'

'मूर्ख!' किशन ने कहा: 'अभी उनकी आत्मा वहीं दुःख भोग रही है। तभी तो तू दुःखी है।'

'बड़ा दुःखी हूं महाराज!'

किशनलाल उठ खड़ा हुआ। वह ऐसे चला जाता था, जैसे संसार से विरक्त था। उसके लिए कहीं कुछ नहीं था। ठाकुर ने गर्व से रूपनरायन की ओर देखा! रूप ने हाथ उठाकर आकाश की ओर दिखाए।

'आओ पंडित!' ठाकुर फुसफुसाया।

दोनों चल पड़े। ठाकुर बढ़कर आगे आ गया, उसकी चाल में भी श्रद्धा थी।

हवेली गांव के छोर पर थी। ठाकुर सुनसान मार्ग से लाया, ताकि किसीकी सिद्ध पर दृष्टि न पड़ जाए। उसे विश्वास हो चुका था कि पुरखों ने खज़ाना गाड़ छोड़ा था। फिर अगर उसका पता भी चल गया तो खोदना क्या आसान था! मान लो पुरानी अशर्फियां निकलीं तो गलेंगी कैसे? सुनार से कहना तो ठीक नहीं होगा। अगर हीरे-मोती निकले तो! साफ पता चलेगा कि यह हीरे नये नहीं, पुराने हैं, क्योंकि हीरों की कटान बदल गई है। अच्छा हो कि गढ़े-गढ़ाए गहने निकलें। लेकिन जिन्होंने गाड़ा होगा, उन्होंने गहना गढ़वाकर थोड़े ही गाड़ा होगा। बहरहाल, कैसा भी हो। एक बार निकले तो सही। फिर की फिर देखी जाएगी। ठाकुर ने किशनलाल और रूप को भीतर के आंगन में ले जाकर खाट डाली और सोचा: यह ठीक है। यहां से सिद्ध महाराज एकाएक चले तो जा न सकेंगे, न बाहर के लोगों को पता ही चलेगा।

किशनलाल ने परिस्थिति समझ ली कि भीतरी आंगन से निकलना सरल नहीं होगा। उसने खाट पर लेटकर कहा: 'ठाकुर! बस जा! अब कोई न आवे हमारे पास। नरायन को भी हटा दे!'

ठाकुर पीछे हटा और रूप से बोला: 'पंडित! अब?'

'अब', रूप ने कहा, 'रोटी रख दो सिरहाने। घी मत लगाना। और कुछ

नहीं। बस पानी रखना। महाराज और कुछ खाते नहीं।' फिर कहा, 'और स्त्री पास न आए किसी भी हालत में। महरिया की छाया पांच-पांच हाथ तक न पड़े।'

किशनलाल ने भी सुना और मन ही मन प्रसन्न हुआ। वह समझ रहा था कि यहां से निकलना कठिन होगा, लेकिन रूप ने रास्ता खोल दिया था।

किशन एकांत में रह गया। उसे नींद आ गई। दुपहर ढल चली। ठाकुर ने आकर जगाना चाहा, पर रूप ने इशारा किया, 'ऐसा न करना।' दोनों बाहर जा बैठे।

ठाकुर ने कहा: 'कब तक जागेंगे?'

'इनका क्या ठिकाना। सात दिन से तो मैं इनके साथ हूं। सोते ही न देखा।'

'अच्छा! सोए ही नहीं?'

'सारी रात बैठे रहना, जैसे किसीसे बातें कर रहे हों!'

'किससे?' वह डरा।

'जाने किससे! आत्माएं होंगी।'

तभी आवाज़ आई: 'हाकिमसिंह!'

'महाराज!' दौड़कर बह भीतर गया।

किशन उठ बैठा। 'कहां ले आया हमें। खाना नहीं, पीना नहीं, तेरा बाप भूखा-प्यासा है। और सांप बनकर यहीं डोलता है। उसे गंगा पहुंचा दे।' और आवाज़ दी—'नरायन!'

'महाराज?' रूप ने हाथ जोड़कर कहा।

'चल! ठाकुर के बसेरा ले लिया।' वह आगे बढ़ा। ठाकुर ने पांव थामकर कहा: 'महाराज! मर जाऊंगा! यहीं ठहरें। कुछ नहीं सूझता। जवान बेटा पलटन में था, मारा गया।'

उसकी आंखें भर आई।

किशन ने कहा: 'और तूने पाप नहीं किया?'

'हम संसारी हैं!' ठाकुर ने गिड़गिड़ाकर कहा: 'पाप कौन नहीं करता! हमें छमा करें महाराज।'

'अच्छा, चल!' किशन ने बढ़ते हुए कहा।

रूप बढ़ने लगा।

किशन ने तमककर कहा: 'तू कहां चला! बैठ जा यहीं! ठाकुर चल! हम तुझे रामबूटी देंगे। यहां नहीं रहेंगे।'

रूप ने विवश होकर देखा ठाकुर की ओर। किशन ने ज़ोर से कहा: 'खबरदार जो हिला।' हाथ उठाकर एक बार पंजा खोलकर मुट्ठी बांधी। रूप वहीं गिर गया। ठाकुर की जीभ डर के कारण तालू से सट गई।

जब किशन और ठाकुर चले गए तब रूप पड़ा-पड़ा कराहा: 'अरे सिद्ध का मारा हूं। कोई पानी तो पिला दो!'

दीवार के पीछे चूड़ियों की झनकार सुनाई दी।

'अरे पिला दो पानी! देही निचुड़ी जाती है!'

एक स्त्री गिलास में पानी ले आई। अधमिची आंखों से पड़ा रूप कराहता रहा। स्त्री ने उसे सहारा दिया। वह उठा और फिर गिर पड़ा। स्त्री ने फिर उठाया और अपने कंधे से उसे टिकाकर पानी पिलाया। रूप ने आंखें खोली और बैठ गया। बोला: 'धन्न परमेसुरी। तैने बचाया। आग-सी फुक गई रोम-रोम में।'

स्त्री के माथे तक घूंघट था। रूप ने देखा। स्त्री के हाथ सुडौल थे। कुछ गोरी भी थी। समझ गया युवती थी।

स्त्री आतंकित थी। बोली: 'अब तो जी ठिकाने है?'

'हां।' रूप ने कहा: 'तुम कौन हो! मानुस हो कि आत्मा हो।'

'मैं!' वह मुस्कराई, 'आत्मा!'

छिटककर रूप हट गया और भयभीत-सा लेट गया और चिल्लाया: 'अरे बचइयो भैया! ठाकुर!'

स्त्री हंसी। बोली: 'चिल्लाते हो मरद होकर, ऐसे डरते हो!' वह पास आकर हाथ पकड़कर उठाते हुए कह उठी: 'उठो! मैं भी आदमिन हूं। सिद्ध बड़े पहुंचे हुए लगते हैं।'

रूप बैठा। उसने उसके हाथ पर हाथ फेरा। सिर छुआ। और कहा: 'हो तो मानुस ही।'

फिर बीड़ी सुलगाई। कहा: 'तुम कौन हो?'

'इस गढ़ी के मालिक की घरवाली।'

'ठकुरानी हो!'

स्त्री की नाक का बुल्लाक हिल उठा। उसके ऊपरी होंठ पर बहुत हल्के-मुलायम रेशे थे, जिससे लगता था कि किसी लड़के की मसें भीग आई हों। इस समय उसका मुंह खुल गया था। रूप को लगा कि वह स्त्री चंचला थी।

पूछा: 'ठाकुर के कितने बच्चे हैं?'

'एक भी नहीं!' पर यह कहते उसके मुख पर उदासी नहीं छाई।

'ठाकुर तो उमरदार हैं। तुम बाद में आई हो, क्योंकि वे तो एक जवान लड़के की मौत की बात कहते थे।'

स्त्री ने कहा: 'वह उनकी पहली से था।'

'तुम कौन गांव की हो!'

बोली: 'जरास की।'

'किसके घर की?' रूप ने बिना जाने ही पूछा।

स्त्री कुछ सकपका गई। रूप को शक हुआ। बोला: 'वहां अपना आना-जाना रहता है। किसकी बेटी हो? किस ठाकुर की?'

स्त्री ने कहा: 'कायमसिंह ठाकुर थे...'

स्त्री कहते हुए हिचकिचा गई। वह उठ खड़ी हुई और बोली: 'तुम यहीं ठहरो। हारी आता होगा।'

वह भीतर चली गई।

3

नीली जमना की लहरें, लाल आकाश और धरती के अनेक रंग और सामने जलती आग की चोटी के सुनहले रंग के नीचे गर्भ तक उतरते-उतरते अनेक रंगों की मिलावट की चकमक, झिलमिल। भस्म और काठ उस आग

के नीचे आदि और अन्त के प्रकारांतर से दिखाई पड़ते।

'ठाकुर देख!'

'हां महाराज!'

'यह आग दोनों को चाटती है, काठ को भी, राख को भी। चाटती है न?'

'हां महाराज!'

'पर राख का कुछ नहीं होता, क्योंकि वह जल चुकी है। ऐसे ही जो साधू अपनी वासना जला चुका है उसका कुछ भी नहीं बिगड़ता। ऐसे ही ऋषि-मुनि भी अपनी कामना जला देते थे।'

'आप किस रिषी-मुनी से कम हैं देवता?'

किशनलाल मुस्कराया। कहा: 'ठाकुर! तू श्रद्धा रखता है। नरायन!'

रूप ने कांपते स्वर से कहा: 'महाराज!' जैसे उसपर आतंक छाया हुआ था।

'अब तो नहीं करेगा?'

'नहीं महाराज!'

'ठाकूर! इसे तीन दिन बन्द रखा तुमने? कोई और तो नहीं मिला इससे?'

'नहीं महाराज, बस घरवाली इसे रोटी-पानी पहुंचाती थी। और मैं तो आपकी सेवा में यहीं था।'

'पूछो इससे! अब करेगा यह?'

'नहीं महाराज!' रूप चिल्ला उठा।

'छोड़ दें महाराज!' ठाकुर हाकिमसिंह ने कहा। आज वह कुछ अलग-सा लग रहा था। चार रोज़ से महाराज की सेवा में वह मूंछों को कालिख लगाकर अपनी जवानी का पर्दा नहीं खींच पाया था, सो बुढ़ापे की रेखाएं बनकर सफेद बाल उसकी मूंछों में से झांक रहे थे।

वह स्वयं नरायन का अपराध नहीं जानता था।

'अच्छा ठाकुर! तू कहता है तो जाने दे।' किशनलाल ने धूनी में लकड़ियां डालते हुए कहा: 'सर्वेस्वरी! और खा। सबको खा ले। ठाकुर!'

ठाकुर कुछ डर गया।

बोला: 'महाराज!!'

उसका स्वर कुछ घबराया हुआ था।

'जा!' किशनलाल ने कहा: 'चामड़ के पास आज रात सो रह। रात को बेताल आएगा तुझे जगाने। उससे कहना कि वह तुझे तेरे बाप के प्रेत से मिला दे और दफीना दिखा दे। वह तुझे दो-एक प्रेत दे देगा। और...'

ठाकुर को कंपकंपी आ गई। वह सेना का वीर था, पर शिवजी के गणों से ज़रा घबराता था। महाराज ने तो पूरी बरात खड़ी कर दी! बोला: 'दया हो महाराज की!'

'क्यों!' किशनलाल ने कड़ककर कहा: 'डरता है! उसअपने बाप से मिलने से डरता है, जो सांप बना डोल रहा है! खज़ाना लेगा मगर...'

'महाराज!' ठाकुर ने आंखों पर हाथ धर लिया।

नरायन ने कहा: 'महाराज! गिरस्ती है। इसमें इतनी शक्ति कहां जो यह सब झेल ले।'

'तुझे भी तो,' किशनलाल ने हंसकर कहा: 'दो चीते उठा ले गए थे। उन्होंने क्या तुझे मार डाला?'

रूप ने कहा: 'वे हजूर की माया थी, चीते नहीं थे। आपने चमत्कार दिखाया था। मगर मैं तो तीन दिन में होश में आया था।'

'तूने पाप किया।' फिर कहा: 'ठाकुर! तैने पाप किया है?'

'मैं क्या जानूं महाराज!' उसने डरते हुए कहा।

'और धन मिलेगा तो और पाप करेगा?' किशनलाल ने उसे घूरते हुए कहा। उसकी आंखों की सफेदी चौड़ी हो गई थी।

'नहीं करूंगा महाराज!' ठाकुर धरती पर लोट गया: 'धरम करूंगा। दाऊजी को गया धाम पहुंचाऊंगा।'

'ठीक! हमने भी तेरे बाप के प्रत को यही वचन दिया है। जा बज़ार जा। एक ढकोला खरीद ला। ऊपर से अच्छी तरह धोती से ढंक दीजो उसे। नीचे दूध का कटोरा रख दीजो और कोठरी का ताला अच्छी तरह बन्द कर दीजो। कल हम तुझे तेरे बाप के दर्शन कराएंगे। डरेगा तो नहीं?'

'आपके रहते क्या डर महाराज!' नरायन ने कहा।

'अब जा!' किशनलाल ने कहा: 'मगर खबरदार! औरत न जाए उधर!'

'नहीं जाएगी महाराज!'

'तू रात-भर दरवाज़े पर सोएगा?'

'सो जाऊंगा।'

'अलग!!'

'जो हुकम!'

'तो जा।'

ठाकुर नहीं गया।

'क्यों?'

'महाराज' यह सब करके भी क्या होगा? धन किसके लिए महाराज!'

'तो जाने दो।' किशनलाल ने हठात् कहा।

'महाराज!' वह फिर पैरों पर लोट गया।

नरायन ने कहा: 'ठाकुर कहते हैं कि घर में बेटा नहीं है।'

किशनलाल मुस्कराया।

'जा!' नरायन ने कहा: 'हो जाएगा। महाराज को मंजूर है।'

लोट-लोटकर नाक धरती से रगड़कर ठाकुर उठा और चला गया।

रूप हंसा।

'क्यों हंसता है मुर्ख!' किशनलाल ने डांटा।

वह बोला: 'क्यों बे! हमीसे! अब यहां कौन है?'

किशनलाल हल्के-से मुस्कराया। वह ऐसी मुद्रा में था जैसे कोई बनिया अपनी दूकान में बैठा हो। बोला: 'बोल!'

'बोलना क्या है? ठाकुर के पास बीस-एक तोला सोना है। और कुछ नहीं।'

'औरत ने बताया?'

'हां, इसकी औरत असल में ठकुरानी नहीं, खवासिन है।'

'नाइन?'

'नहीं। रजवाड़ों की गोलिन है। ये खरीद लाया है।'

'तभी!' किशनलाल ने पूछा: 'तैने उसपर रंग जमा दिया?'

'वो मेरे साथ भागने को तैयार है।'

'सच! क्यों?'

'यह बुड्ढा है। और मैंने उसे लालच दिए हैं।'

'तो सब समेटकर तू ले जा उसे परसों। परसों जो मेरे हाथ लगेगा लेकर मैं भी...।'

'पर औरत को ले जाने से फायदे? घर भी तो है।'

'सोच ले। मुझे तो कोई ज़रूरत नहीं।'

रूप मुस्कराया। बोला: 'अब तो मुझे भी नहीं रही।'

किशनलाल को उस मुस्कान में विष लगा। वह इतनी मेहनत और दिखावा कर रहा था। मज़े ले रहा था रूपनरायन। एक प्रतिहिंसा-सी जल उठी उसमें। बोला कुछ नहीं। सोचता रहा। उसे ध्यान आया। जो भी सिद्धता उसमें थी, वह इसीलिए कि रूप साधक था।

उसने सोचकर कहा: 'कल मैं उसे सांप दिखाऊंगा। तू सांप ला!'

'मैं!' रूप ने कहा: 'सचमुच का?'

'कोई कालबेलिया तुझसे नहीं ढूंढ़ा जाता। रात में ले आ उसे। मैंने बीन सुनी थी दुपहर के सन्नाटे में!'

'किधर?'

'सामने चला जा।'

रूप चला गया।

आधी रात की निस्तब्धता में संपेरा आया। बीस रुपये फेंककर विषदंत उखड़ा एक सांप रूप ने खरीदा और किशनलाल उसे पकड़कर हंस उठा। उसने उसे आस्तीन में छिपा लिया। फिर कहा: 'सुन।'

वह देर तक उसे कुछ समझाता रहा।

दूसरे दिन असलभोर में ठाकुर ने आकर देखा कि महाराज जाग रहे थे, लेकिन नरायन सो रहा था। ठाकुर की पागलपन से वह जागकर उठ बैठा।

'रात-भर जागा ठाकुर!' किशनलाल ने कहा।

'हां महाराज!'

'चल।'

वह आगे-आगे चला। पीछे-पीछे ठाकुर और नरायन। वे जमुना की खादरों के एकान्त मार्ग से घर पहुंचे। द्वार पर किशनलाल ने रुककर कहा: 'खोल।'

ठाकुर ने ताला खोला।

किशनलाल भीतर घुसा और उसने तीन लंबी सांसें लीं, जैसे कुछ सूंघ रहा था। बोला: 'बाप आ गया तेरा।'

ठाकुर ने संदेह से देखा।

'एक कपड़ा लेकर चौक में बिछा दे।'

उसने जाजम बिछा दी।

किशनलाल ने हाथ ढकोले में पूरा घुसेड़ दिया। फिर कहा: 'दूध क्यों नहीं पिया तूने अभी तक!'

फिर ढकोले पर कान लगाकर सुना। फिर हठात् उसकी आंखें लाल हो गईं। वह कड़ककर बोला: 'ठाकुर तू पापी है!'

ठाकुर थर्रा गया।

'दूध किसने रखा था?'

'मैंने महाराज!'

'काढ़ा किसने था?'

'ठकुरानी ने!'

'गोलिन ने, नीच! ठकुरानी के हाथ का होता तो इसने पी न लिया होता!'

बाहर नरायन कांप रहा था। ठाकुर की गोलिन विक्षोभ से कोठे से बाहर आ गई।

किशनलाल ने चिल्लाकर कहा: 'वह पापिन है। ठाकुर, देख तेरा बाप अब मेरा हाथ लगने से दूध पिएगा।'

उसने ढकोला उलट दिया।

नरायन ने जैसे चक्कर खाकर दीवार पकड़ ली। गोलिन पीछे हट गई। ठाकुर की आंखें फट गईं। सांप दूध पी रहा था। जब वह पी चुका तब सरकने लगा। ठाकुर की तो जैसे आत्मा ही कूंच कर गई।

'सोने की देहली बना ठाकुर!'

ठाकुर दौड़कर सारा गहना ले आया और उसने किशनलाल को दे दिया। किशनलाल ने सारे गहने ज़मीन पर डालकर ढेर लगाया और सांप को उसपर से गुज़ारकर सबपर ढकोला धर दिया। सबको जैसे चैन आया।

'वचन दे!' किशनलाल ने कहा: 'गयाधाम पहुंचाऊंगा!'

ठाकुर ने तिरवाचा भरे।

'कहां है तेरी गोलिन?'

वह कांपती हुई आई।

'बोल! पाप की माफी मिले। घूंघट काढ़! तेरे ससुर हैं।'

उसने घूंघट काढ़कर सांप से क्षमा मांगी।

किशनलाल ने कहा: 'नरायन!'

'हां महाराज।'

'हम जाते हैं। ठाकुर द्वार पर रहे। तू और ठकुरानी बारी-बारी तीन-तीन घंटे से इसे दूध पिलाना। अभी यह खजाना और बताएगा।'

'मैं नहीं महाराज!' नरायन ने कहा: 'यह सिद्ध पुरुषों के काम हैं। मुझमें इतनी हिम्मत कहां।'

'तू ठाकुर!'

'नहीं महाराज!'

'तो फिर हमीं रहेंगे। ठाकुर! शाम को ठकुरानी जाकर हमारी धूनी से राख लाए और तब हम इससे पूछेंगे।'

स्त्री डर गई। बोली, पर्दा तोड़कर: 'कहां! मैं तो मर जाऊंगी वहां अकेली!'

'तो नरायन! तू इसके संग जाना। वहां बेताल मिलेगा।'

नरायन ने कहा: 'मैं नहीं महाराज! हारी को भेज दो।'

'हारी नहीं। वह मूर्ख अपढ़ है। हमारी आज्ञा है कि तू जाएगा।

वर्ना...'

'चला जाऊंगा महाराज! कोप न करें।' उसने पांव पकड़ लिए।

सिद्ध उसी ढकोले पर सिर रखकर सो गए। न रोटी, न पानी। ठाकुर द्वार पर बैठा रहा। एक बार उठा तो कहा: 'कहां जाता है? खबरदार! यहीं किनारे बैठकर रोटी खा ले।'

'हारी आया है।'

'उसे बता देगा तो कुछ हरज होगा तेरा?'

'सारे गांव में खबर फैल जाएगी।'

'तो उसे भेज दे।'

ठाकुर हारी को टहलाकर आ गया।

धीरे-धीरे शाम हो गई।

किशनलाल ने आंखें खोलकर कहा: 'ठाकुर!'

'हां महाराज!' वह हाथ जोड़कर बोला।

'ठकुरानी और नरायन को भेज दे।'

ठकुरानी और नरायन डरते हुए खड़े रहे।

'गहने उतारकर ठाकुर को दे।' उसने कड़ककर कहा।

उसने रुंआसे मुंह से सब गहने उतार कपड़े में बांधे और ठाकुर को दिए।

ठाकुर का मन खिल गया।

दोनों चले गए।

'ठाकुर,' किशनलाल ने कहा: 'सर्पयोनि में है तेरा बाप!'

'हां महाराज!'

'दीपक जला ला।'

ठाकुर ने दीपक जलाया।

देर हो गई। कोई नहीं लौटा।

'ठाकुर!'

'हां महाराज!'

'जा द्वार पर झांक!'

देखा। नरायन बदहवास भागा आया और हक्का-बक्का-सा गिर पड़ा।

'डर गया है।' किशनलाल ने कहा, और हाथ उसके माथे पर धर दिया।

ठाकुर ने आश्चर्य से देखा कि वह सुस्थिर हो गया।

'क्या बात है?' किशनलाल ने कहा।

नरायन ने कहा: 'महाराज! वह तो......'

'क्या?'

'बेताल ने पकड़ लिया।'

किशनलाल हंस पड़ा।

बोला: 'यह तो होना ही था।'

फिर कहा: ठाकुर! तुम दोनों जाओ! यह मिट्टी उनके लगा देना। आ जाएगी।'

यह कहकर किशनलाल ने आंगन की मिट्टी उठा ली और दोनों हाथों में धर के रगड़ी। फिर एक भारी-सी चीज़ नीचे पटककर मिट्टी ठाकुर के हाथ में दी।

दीपक के प्रकाश में ठाकुर ने देखा—वह भारी चीज़ शायद एक अशर्फी थी। उठाने को झुका कि किशनलाल ने कहा: 'मत उठा, वह तेरी नहीं है। तेरे बाप की है। पहले उसे मना ले, फिर सब ले ले। जा देर मत कर।'

ठाकुर जब रूप के साथ पहुंचा, उसने देखा वह पागल-सी नाच रही थी। रोंगटे खड़े हो गए। हिम्मत नहीं पड़ी कि पास जाए।

नरायन ने कहा: 'जाओ, पकड़ो।'

'मैं नहीं पकड़ सकता।' ठाकुर ने कहा: 'देवता से लड़ना मेरी ताकत के बाहर है।'

'तो फिर?'

'तुम महाराज को ले आओ।'

'मैं नहीं जाता!'

'क्यों?'

'वे गुस्सा होंगे। मैं डरता हूं, अगर गुस्सा भरकर एक बार देख भी

लिया तो बिच्छू के सौ-सौ डंक-से लगेंगे। मैं भुगत चुका हूं एक बार! तुम ही जाओ!'

ठाकुर लौटकर आया। किशनलाल हाथ में सांप लिए कुछ बातें कर रहा था।

ठाकुर की बुद्धि चकित थी। बोला भर्राए स्वर से: 'वह नहीं आई।'

'झूठ!' किशनलाल ने कहा: 'वह तो नाचती थी। तू पकड़कर क्यों न ले आया!'

ठाकुर बिलकुल परास्त हो गया।

'चल हम चलते हैं।'

ठाकुर की जान में जान आई।

ठाकुर चलने लगा।

'तू यहीं बैठ।'

वह बैठ गया। किशनलाल चला गया।

कुछ ही देर में नरायन आ गया।

नरायन ने कहा: 'उफ! आज का-सा नहीं देखा।'

'क्या?' ठाकुर ने डरते हुए कहा।

'कैसी भयानक लड़ाई हुई।'

'किसमें?'

'बेताल और महाराज में।'

'सच?'

'उफ! कह नहीं सकता।' वह आंखें मींचकर जैसे गिर पड़ा।

रात बढ़ चली।

ठाकुर सो गया।

जब ठाकुर की आंखें खुलीं नरायन नहीं था। वह प्रतीक्षा करता रहा। जब धूप चढ़ने लगी तब वह डरा। दौड़ा-दौड़ा धूनी पर गया। केवल राख पड़ी थी। न उसकी औरत थी, न महाराज। बदहवास-सा दौड़कर आया। गहने! गोलिन के गहने गायब! उसने डलिया उलट दी। गहने गायब थे, केवल सांप

निकला। ठाकुर चिल्लाकर भागा और बेहोश होकर गिर गया, क्योंकि उसका सिर दरवाज़े की चौखट से लगकर फट गया था।

जब हारी लौटकर आया और बैल बांध चुका, उसने देखा ठाकुर औंधा पड़ा था। उठाया। ठाकुर फटी-फटी आंखों से देखता रहा। फिर वह उठा और भीतर के कोठे की ओर चला। देखा, कोने की मिट्टी उलटी हुई थी और गड्ढा था। उसमें एक नरमुण्ड रखा था

ठाकुर ने देखा और पागल-सा भाग उठा। यह छोटा-सा ठाकुर पचास हज़ार का आसामी था। उसके छिपे माल की भी चोरी हो गई थी। ठाकुर भिखारी हो गया था।

हारी ने उसकी यह हालत देखी तो भाग निकला। गांव वालों ने देखा और वे कुछ भी नहीं समझ पाए। ठाकुर कुछ भी नहीं बोलता था।

4

दुपहर ढल चुकी थी अनारो आकर पास बैठ गई। किशनलाल ने सिगरेट सुलगाई।

'क्या कर रही है?' किशनलाल ने पूछा।

'सो रही है।' फिर कहा: 'कहां से ले आए?'

'मैं क्या ले आया, खुद आ गई।'

'एक दलाल तलाश में था। शाम को ले जाएगा। मैंने दिखा दी है।'

'वह समझ गई?'

'अभी नहीं।'

'झगड़ा तो न करेगी?'

'झगड़ा क्या करेगी? तुमने कैसी पाई?'

'मुलायम है।'

'यही मुझे लगा था। कहती थीः यह मेरे मर्द के दोस्त हैं।—मैंने कहा: ये तेरे मर्द नहीं? झेप गई।'

किशनलाल हंसा। बोला: 'फिर क्या दोगी?'

'तीन सौ का माल है।'

'क्या रख लोगी?'

'तुम चाहो सब ले लो!'

'ईमानदारी का सौदा करो। दो सौ मेरे।'

अनारो उठकर भीतर गई। दो सौ गिने। किशनलाल उठ खड़ा हुआ।

जब वह बेलनगंज पहुंचा रूपनरायन जमुना किनारे भंग घोटता मिला बड़े हनुमानजी के पास। वह किशनलाल को देखकर मुस्कराया। दोनों ने छानी। पीकर मस्त हुए। फिर किशनलाल ने कहा: 'कितने का माल निकला।'

'यह है सब!' उसने पोटली खोली।

'तू ले ले कुछ।'

'जो दोगे सो लूंगा।'

'आधा-आधा!'

माल बंट गया। रूपनरायन ने कहा: 'अब गांव चलो भइया। मुझे पुलिस का डर है।'

किशनलाल ने हंसकर कहा: 'बोदे।'

दोनों उठे।

रूपनरायन ने कहा: 'मैं कुछ पुर्जे लेता आता। एकाध की ढलाई भी ज़रूरी है।'

'तो मैं चलूं। तू आ जइयो!'

किशनलाल चलने लगा। तब वह हंसा।

'हंसा क्यों?'

'गोलिन का क्या हुआ?'

'वह तो तेरी थी। मुझे देखकर भाग गई वो तो।'

वह फिर हंसा। किशनलाल मुस्कराया। उसने रूप के गर्व को खंडित

कर दिया था।

'सिद्ध जी!' रूप ने कहा: 'सब कुछ पाया, उसे न पा सके!' उसके उस गर्व के सामने भी किशनलाल ने सत्य नहीं कहा। बोला: 'तू तो जानता है, मैं उधर नहीं जाता। मुझे पराई स्त्री से घिन आती है।'

रूप को अपनी तुच्छता का आभास हुआ। बोला: 'भाग्य है यह भी।'

किशनलाल रहस्यमय ढंग से मुस्कराया। दो सौ रुपयों के नोट जेब में रखे थे। जब किशनलाल चला गया तब रूप ने अंधेरे की प्रतीक्षा प्रारम्भ की। आखिरी बस का टाइम हो चला। उसने छोटा-सा बक्स उठाया। उसमें पचास हज़ार की नकदी थी, जो गोलिन से मिलकर उसने उड़ाई थी। किशनलाल को इसका ज़रा भी पता नहीं चला था। रूपनरायन ने एक लम्बी सांस ली और मन में वह सिहर उठा। आधी रात के समय मरघट में जाते हुए भी वह इतना सशंक नहीं होता। उसे मन ही मन पुलिस का बड़ा भय था; परन्तु वह आखिरी बस से चल पड़ा। किसीका भी उसपर ध्यान नहीं था। उसका हृदय कुछ स्थिर हुआ।

किन्तु सोमोती का मन घर पर उतना ही अस्थिर था। पहली बार वह अपने को अकेला महसूस कर रही थी।

द्वार पर बोल सुनाई दिया।

झांककर देखा।

मंगल कह रहा था: 'अभी तो नहीं आए!'

बिहारी था।

'और किशनलाल!'

ऊपर से आवाज़ आई: 'कौन है भाई?'

'मैं हूं।' बिहारी ने कहा। 'आ गए किशनलाल!'

'मैं तो रात ही आ गया था, सांझ डूबे।'

जाविल्री ने उसकी ओर देखा।

बिहारी के जाने पर बोली: 'आधी रात की सांझ कर दी?'

'अरे भइया सुनते हैं!'

'मैं पूछती हूं कि तुम कहां गए थे?'

वह बैठकर बोला: 'बताऊं?'

'बताओ!' वह उत्सुकता से पास आ गई।

किशनलाल ने एक पुड़िया खोली। भीतर भस्म थी। जाविली ने देखा।

'यह क्या है?'

'इसे मलाई में रखकर खा ले।'

'हिसने दी है? भभूत!'

'इसी सिद्ध के पीछे मारा-मारा फिरा। तेरे लिए!'

उसने अन्तिम शब्दों पर ज़ोर दिया। वह गद्गद-सी देखती रही। बोली: 'सच! तुम्हें इतना ध्यान है?'

'है! तुझे क्या कहूं। तेरा बांझपन क्या मुझे नहीं अखरता?'

जाविली के जैसे बिच्छू ने डंक मारा। वह बांझ है! और जो चंपो नाइन कहती थी, अगर वही ठीक हो तो! मर्द का दोष कौन देखता है! एक विक्षोभ भीतर ही भीतर भर गया। एक अज्ञात-सी कल्पना मन में दौड़ गई। जाविली सिहर उठी।

किशनलाल उठ खड़ा हुआ।

वह चला गया, किन्तु जाविली ध्यान में डूबी बैठी रही। किशनलाल यही समझा कि वह भभूत पाकर बेहाल हो गई थी, कृतज्ञता और सन्तान पाने की भविष्य की कल्पना से वह यह नहीं समझा कि उसने कितना बड़ा तूफान उठाकर जाविली के स्त्रीत्व में छोड़ दिया था, जिसमें उसका मन तिनके-सा उड़ रहा था।

किशनलाल ने देखा, बिहारी ने बदरी के घर में प्रवेश किया। वह भी उधर ही चला गया। बदरी उस समय सोने की एक करधनी लिए देख रहा था। बिहारी को देख उसने जल्दी से गावतकिये के नीचे छिपा दी। मोखे से किशनलाल ने इसे देखा। बिहारी से अभी बदरी की राम-राम ही हुई थी कि किशनलाल ने प्रवेश किया।

'आओ पण्डित,' बदरी ने कहा: 'कहां हो आए?'

'गए थे रूपनरायन के साथ कि आगरे में सिनेमा देख आएं। उसे कुछ पूर्जे-उर्जे बनवाने थे। हम वहां एक साधू से भिड़ गए। उसीकी सेवा में समय

लग गया।'

फिर वह लच्छेदार भाषा में सिद्ध का वर्णन करने लगा। दोनों प्रभावित हो गए। और उसने कहा: 'लेकिन रूप अपने धन्धे में लगा रहा।'

कुछ देर बाद वह उठ खड़ा हुआ और उसने बाहर आकर खांसा और कहा: 'हां, बोहरे सुनो। वह तो बताओ।'

बदरी उठ आया। बिहारी को किशनलाल का बदरी से एकान्त में बात करना बड़ा नागवार गुज़रा, क्योंकि वह अपने को रामलाल का खासुल्खास समझता था। उसने देखा और बाहर आ गया और बोला: 'तो चलें बोहरे!'

'अरे क्यों-क्यों? बीड़ी तो पीते जाओ!' बदरी ने कहा।

'फिर पी लेंगे।' उसने उखड़े स्वर से कहा। और वह चला गया। किशनलाल हंसा और धीरे से बोला: 'यह समझता है कि तुम कुछ न जानते होगे, न मैं जानता होऊंगा।'

बदरी को कड़े की याद आई। फिर उसने टाला: 'हां, तुम बताओ।'

'यह अंगूठी है...' उसने जेब में हाथ डाला।

'भीतर आ जाओ, भीतर!' बदरी ने कहा।

पच्चीस रुपये में गिरवी रखकर किशनलाल चलने लगा। बदरी जानता था कि मुफ्त की रकम आ रही है। इसकी क्या हैसियत कि किसी दिन ये भी गहने छुड़ा सकेगा। ऐसे आसामी को संग पहुंचाने में दोष भी क्या था।

जब वह लौटा और उसने तकिया उठाया तो दिल धक्क से रह गया। ठोस सोने की कौंधनी थी। उसकी आंखों के सामने अंधेरा-सा छा गया। फिर वह जागा। शायद तकिये के नीचे नहीं रखी थी। एक-एक चीज़ उसने उलट-पुलट दी। भीतर भागकर देखा। फिर बाहर आया। फिर शक हुआ—शायद उस आले में हो। रंडुआ वैसे था अकेला। सन्नाटे में घबराहट बिना सहानुभूति के बढ़ती भी ज़्यादा है। तब!! ध्यान आया!

वह तो उसे लाया था!

यहीं रखी थी तकिये के नीचे!

वह उसे देख रहा था!

बिहारी आया था। फिर आया था किशनलाल! लेकिन किशनलाल तो अंगूठी लाया था। वह बाद में गया था। पहले बिहारी गया था। बीड़ी तक के लिए नहीं रुका! क्या काम था उसे! कैसी रुखाई दिखाई थी! नहीं, वह डर रहा था कि पकड़ा न जाऊं! आया ही क्यों था वह! ज़रूर, जब वह कौंधनी देख रहा था, बाहर से चमक गई होगी और बिहारी भीतर आ गया। आता क्यों नहीं। और करता ही क्या है!

सहसा ही वह कांप उठा।

बिहारी सुनार है। उसे तो कौंधनी गलाना भी आता है।

लगा कि तालू में कांटे उछल आए।

किशनलाल का दिल पहली बार धक-धक कर उठा। आज उसने गांव में दूसरा हथकंडा दिखाया था। इसका परिणाम क्या होगा। अचानक दिमाग में आया—बिहारी! मन की गांठ कस गई। पुरानी ईर्ष्या नसैनी बन गई। भाव अब निःशंक होकर चढ़ने लगे। वह घर पहुंचा। भइया कोठे में थे। वह पीछे से घुसा। जाविली रसोई में थी, चूल्हे के पास। वह तुरन्त भूसी के ढेर की ओर बढ़ा और उसने उस कौंधनी को उसमें छिपा दिया। फिर इधर-उधर जांचा। कोई नहीं था। तब वह फिर छिपकर अड्डे पर जा बैठा।

मास्टर आलूबुखारा को आते देखा। उधर से सूक्खी बराई आ रहा था।

मास्टर दिल्लगीबाज़ था। उसने सुक्खी को देखकर हांक लगाई: 'अजी नैक सुनते जाना!'

तुनककर सुक्खी ने रुककर गुस्से-भरी आंखों से देखा। लोगों ने ठहाका लगाया।

तभी बदरी सामने से आता दीखा। किशनलाल जिस मस्ती से हंस रहा था, उसे देखकर उसका संशय खंडित हो गया। वह समझ नहीं पाया कि क्या कहे!

बदरी ने कहा: 'किशन भैया सुनना।'

उसका उतरा हुआ चेहरा देखकर किशनलाल जैसे चिन्ता में पड़ गया।

एकांत में बदरी ने कहा: 'मैं लुट गया।'

'क्यों? अंगूठी खराब है। लौटा दो। रुपये ले लो!' किशनलाल ने भौं चढ़ाकर कहा: 'कड़े भी असली हैं, अंगूठी भी।'

'मैं...मैं...वह नहीं कहता।' उसने गुस्से से कांपते स्वर से कहा।

'तो फिर?' वह जैसे अब चौंक उठा।

'दस तोले की सोने की करधनी थी। एक ठाकुर ने गिरवी रखी थी, मेरे यहां। वह खो गई।'

'खो गई? कैसे? कब?'

किस प्रकार प्रारम्भ करे बदरी, कुछ क्षण सोचता रहा। फिर बोला: 'तुम आए थे तब तकिये के नीचे रखी थी।'

'बदरी!' किशनलाल ने कड़ककर कहा: 'अभी तेरे घर से आकर घर भी नहीं गया, यहीं हूं। ले ले मेरी नंगाझोली। लेकिन जो झूठा नाम लगाया है तो याद रख मैं भी बामन का बेटा हूं। वह तो तू है जो छोड़े देता हूं, जो कोई और होता तो हलक में हाथ डालकर जीभ खींच लेता!'

बदरी बनिया ही था। उसके पास सबूत नहीं था। उसे किशन पर अधिक संदेह भी नहीं था। उसकी आंखों में आंसू आ गए। उसने उसका हाथ पकड़कर कहा: 'ऐसा मत कहो पंडित। मैं तुम्हारी गौ हूं। उबार लो। मर जाऊंगा। तबाह हो जाऊंगा। हाय मैं तो लुट गया!'

'पुलिस में जाकर रपट कर दे।'

'किसपर कर दूं?'

'क्या बात हुई, वह तो बता!'

बदरी ने सारी घटना सुनाई।

किशनलाल सुनकर व्यंग्य से मुस्कराया। पर बोला नहीं। बदरी देखता रहा—दयनीय दृष्टि से, लेकिन किशनलाल नहीं बोला।

'अब बताओ क्या करूं मैं?' बदरी ने पूछा।

'भई, मैं क्या बताऊं?'

'क्यों?'

'भई, तू जो चाहे कर। मुझसे मत पूछ!'

'क्यों पण्डित! तुम अपने ही हो!'

'अपनों का ही तो रोना है; मुंह खोलते धरती फटती है, बदरी बौहरे। मैं मजबूर हूं। मेरा मुंह बन्द है। मैं करूं तो क्या करूं?'

उसके रहस्यमय स्वर को सुनकर बदरी ने धीरे से कहा: 'कह तो दो!'

'कहने को क्या बाकी है! चोर तो ज़ाहिर ही है। पर मैं तो नहीं कह सकता?'

'मैं लुट जाऊं?'

'मैं तो भइया के खिलाफ बोल दूं बौहरे! वे कुछ करें। उनकी सोहबत पर मैं क्या कह सकता हूं। पर वे बड़े हैं। मैं कुछ नहीं कह सकता। गवाह एक मैं ही हो सकता हूं, सो देखा तो मैंने भी नहीं उसे उठाते, ले जाते। पर फिर भी थाना ले-देकर उसे पकड़कर मारपीटकर फंसवा सकता है, पर मैं...मैं कैसे कह दूं? तु ही बता बौहरे! ऐसे में तू ही कुछ करता?'

'ऐ लो! तुम भी ऐसी बात करते हो! धरती पर धरम कहीं रहेगा कि नहीं! ये कौन जाने कि तुम भी सांठ-गांठ में न थे, जो पीछे हटते हो। गरीब की आह बुरी होती है। मेरा न्याय का धन, यों अन्याय से चला जाए, तो सोता नहीं रहूंगा। न बोलूं, सो मेरे मुंह भी लड्डू ही भरे हों, सो भी न समझना। गांव बदल करा दूं बदनामी से।'

'सबूत!' किशनलाल के कहा: 'धोखे में न रहियो। जो ऐसा खेल खेल गया, उसे भी ओखली में से निकला धान समझियो। कच्ची गोलियां नहीं खेला होगा जो योंही तेरी घुड़की में आ जाए। जब तक थाने को गहरी रकम न देगा, उसे पकड़ेगा कौन? और पकड़कर पीट-पाट दिया तो भइया छोड़ेंगे नहीं। सीधे जाएंगे लक्ष्मीकांत जी के, वे एमेले हैं, उनकी पुरानी मुलाकात है। ऐसपी जब फून करेगा तो थानेदार की पेटी ढीली हो जाएगी। समझ ले। फिर बिना जमानती केस हो सो भी नहीं। भइया ही छुड़ा लाएंगे। तू है किस धोखे में!'

'अरे मैं तुम दोनों को लिखाता हूं इकट्ठे, तू बनाता किसे है?'

'तेरी मर्जी! तू सांप की बांबी में हाथ डाल, फन लगे तो फिर कुछ न

कहियो बौहरे! गूजर-माली मत जान कि ब्याज पर ब्याज ले के चूस लेगा बेईमानी से।'

'मैं बेईमान और तुम साहूकार?'

'साले बनिये। होश में बात कर नहीं तो याद रखियो असल बामन का मत कहियो! ज़मीदारियां गईं, अब अगला वार बौहरों पर ही है। यों मत जान कि कांगरेस देख नहीं रही है। इनसे बच भी गया तो सोसलिस्टों से न बचेगा।'

'तू डर किसे दिखाता है? मेरा पेट कटा है। तू चाहता है मैं मुंह में मुलहटी डालके बैठ जाऊं?'

'डराता किसे है। जा कर ले जो तुझसे किया जाए! मैं भइया के खिलाफ नहीं जा सकता! घर भरे बिहारी का, डर दिखाए तू मुझे!'

बदरी का स्वर बदला: 'मैं तुझसे कब कहता हूं। मैं उसीकी तो कह रहा था।'

'तो सीधे मुंह बात कर!'

'यार, तू तो बड़ी जल्दी गुस्सा हो जाता है!' उसने बीड़ी पेश की।

'नहीं, रहने दे!'

'पी भी, यार!' उसने कंधे पर हाथ धरकर कहा।

किशनलाल इस परिवर्तन से मन ही मन मुस्करा उठा। उसने बीड़ी सुलगाई। और कहा, 'मेरा कड़ा चोरी गया। मेरे सामने तूने अपने यहां रखा। कभी तैने पकड़वाने की बात की? आज अपना माल गया तो दांत निकाल दिए। कुछ हमारा दिल भी देख! बात तक कही! सब अपना स्वारथ देखते हैं।'

बदरी झेंपा। बोला: 'भाई! वो अकेले में धर गया था। एक की धरी चीज़ दूसरे को दिखाना कायदे के खिलाफ है।'

किशनलाल ने कहा: 'वो अकेले में ले गया, तो झूठी गवाही देना भी कायदे के खिलाफ है।'

बदरी निरुत्तर हो गया। बोला: 'मैं क्या करूं? कुआं-पोखर ढूंढू?'

किशनलाल ने धुआं उगलकर कहा: 'पागल है यार तू! तुझे देख मुझे

दया आ जाती है।'

'मैं जानता हूं, तू दयावान है।' बौहरे ने कहा।

'तू एक काम कर!'

'क्या?'

'तू भइया से जाकर कह!'

'फायदा! वो मानैगा नहीं।'

'सो तो बात है।'

हल नहीं निकल रहा था। हल निकाला स्वयं बिहारी ने उधर से निकलकर। बदरी देखकर ही भभक उठा। इससे पहले कि कोई संभले-संभलाए, उसने लपककर बिहारी का गला पकड़ लिया और बुरी तरह चिल्लाया: 'चोर! यों निडर घूम रहा है। निकाल कौंधनी! साले! सोने की थी! तू माल गलाकर बेच-बेच के हमारी जान को धनी बनेगा!'

बिहारी इस आक्रमण की कल्पना भी नहीं कर रहा था। अड्डे पर लोग मौजूद थे ही। भीड़ इकट्ठी हो गई। लोग तरह-तरह की बातें करने लगे:

'अच्छा नहीं किया बिहारी ने।'

'अजी सुनार की जात का भरोसा क्या? अपनी अम्मा तक के गहने गढ़ें तो चुरा लें।'

'अम्मा खुद कहे बेटा चुरा ले, वर्ना बेटा लट जाए।'

'हिश, बकने की बात है।'

'बात शक की तो है। बौहरा बदरी! इसे कौन नहीं जानता! जिंदा मक्खी निगल जाए!'

'वो ले गया, यह देखता रहा!'

पर दर्शक दर्शक थे। बिहारी का मुख अपमान और विक्षोभ से लाल हो गया था। क्रोध से मुंह से बोल भी नहीं निकल पा रहा था।

किशनलाल ने उसे छुड़ाते हुए कहा: 'बौहरे, क्या करते हो! क्या करते हो!'

शोरगुल मदन ने सुना तो दौड़ा-दौड़ा रामलाल के पास जाकर आवेश से बोला: 'भैया!'

दुकान पर रामलाल खाली बैठा था। इस उत्तेजित स्वर को सुनकर निश्चित नहीं कर सका कि यह दुःख का स्वर था, या हर्ष का।

बोला: 'क्या हुआ?'

मदन ने कहा: 'बिहारी भैया...'

'क्या हुआ?' उसने उसी अविचलित स्वर से पूछा।

'चोरी में पकड़े गए।' मदन ने आज मुखर होकर कहा। उसके भीतर जो ज्वाला थी, फूट निकली।

रामलाल हिल उठा।

'कौन? बिहारी!'

'हां भैया!'

'क्या कहता है?'

'सच भैया! बदरी बौहरे ने पकड़ रखा है।'

'बदरी ने?'

'उसकी दस तोले की कौंधनी...'

'तू दुकान पर बैठ। मैं आता हूं।' कहकर उसने गल्ले के बक्स में चाभी घुमाई और उठ खड़ा हुआ। मदन का मज़ा किरकिरा हो गया। वह स्वयं वहीं जाकर देखना चाहता था। आलूबुखारा से सुनकर आया था।

मन मारकर बैठा रहा।

रामलाल को आते देख बदरी चिल्लाया: 'लो देख लो पंडित! करामात देख लो! वह खड़ा है चोर। कह दो नहीं है! तुम तो कहोगे ही!'

रामलाल इस अप्रत्याशित आक्रमण के लिए तैयार नहीं था। उसने किशनलाल को देखा। किशनलाल ने तुरन्त बढ़कर कहा: 'देख बौहरे संभल के बोल!'

'मैं तुमसे क्या कहता हूं! तुम तीन भाई हो तो मूंग दलोगे छाती पर!'

'हां दलेंगे!' किशनलाल गरजा: 'अगर बिहारी ने चोरी भी की है, और भइया कहेंगे तो हम तेरा खून पी लेंगे।'

भीड़ फिर इकट्ठी हो गई। बातें शुरू हो गईं।

रामलाल बिहारी की ओर बढ़ा। बिहारी दृढ़ था।

'बिहारी!' रामलाल ने घूरा।

उसने आंखें उठाईं। पूरी। 'हां।'

'तूने किया ऐसा?'

'तुझे विश्वास होता है?'

रामलाल स्तब्ध खड़ा रहा। फिर कहा: 'बौहरे! तू धरम से कहता है!'

'गंगा की सौगंध। मैं इससे भी सौगंध उठवाऊंगा। ये ईमान से कह दे, इसने नहीं ली। मैंने छोड़ी रामलाल!'

बिहारी की मुट्ठियां भिच गईं।

हठात् रामलाल ने कहा: 'चोरी बिहारी ने नहीं की है।'

उसका गंभीर स्वर गूंज उठा। बिहारी आवेश में मूर्च्छित हो गया।

'उठा किशनलाल!' रामलाल ने उसे पकड़ते हुए कहा: 'बौहरे, थाने जा। रपट लिखा दे। फैसला कचहरी में होगा।'

एक क्षण सब स्तब्ध रह गए।

उसके बाद जब किशन घर पहुंचा, उसने सारे भूसे को खगोर डाला। कौंधनी नहीं मिली। क्या हुआ। सामने जैगरा जुगाली कर रहा था।

यह खा गया क्या!

यह विचार ही विचित्र था।

उसका सिर घूम गया।

जब वह ऊपर पहुंचा, देखा जावित्री उसे पहने खड़ी थी।

'तुम्हें कहां मिली?' उसने हठात् उसे खींचते हुए पूछा।

जावित्री ने कसकर पकड़ते हुए कहा: 'क्यों, तुम्हें क्या? कैसी लगती है?"

'अरी लगती है की बच्ची! चोरी का माल है।'

वह रूंआसी हो गई: 'मैं नहीं जानती।'

'चुप, चुप! छिपा दे कहीं। भूसे से निकाल लाई है?'

'भूसे में पड़ी थी। तुम्हें कैसे पता! तुमने चुराकर रखी थी?'

'अरी लड़ोकरी की! मैं ऐसा गधा था! तूने मुझे चोर समझा है! यह तेरे जेठ बिहारी ने बौहरे बदरी के यहां से उड़ाई और यहां छिपाई। सुबह-शाम का आना-जाना। सवेरे इधर से वह निकला तब मैंने छिपकर देखा।'

'तभी क्यों न उठा लिया?' उसने संदेह से पूछा।

'कोई ज़रूरत थी! मैंने तो देखना चाहा था कि बिहारी करता क्या है।'

'हाय वो चोर भी है!'

'असल का।'

'हमें फंसाना चाहै?'

'यह वक्त की बात है।' उसने सिर हिलाकर कहा: 'भइया कहते हैं, बिहारी ऐसा नहीं कर सकता।'

जाविती ने उतारकर कौंधनी हाथ में ले ली। तिलड़ी, सुन्दर चीज़ थी। मुग्ध नयनों से देखती रही।

'तू रख ले।' उसने कहा। यद्यपि मन में वह बहुत उदास था। 'पर कभी पहरियो मत।'

'रात-बिरात घर में पहन लूंगी।'

'और मदन जान गया तो?'

'वह न जान पाएगा। उसके सामने नहीं पहनूंगी।'

स्त्री की आभूषण के प्रति अत्यन्त आसक्ति देखकर किशनलाल को एक वितृष्णा हुई।

वह जिस 'मौन' के साथ अपने कार्य संपादित करता था, इस बार वह नहीं हो सका। केवल बात बिहारी पर जाकर नहीं ठहरी। वह फैल गई और रूप! रूप समझ गया। यह अच्छा नहीं हुआ। किशनलाल के सामने समस्याओं ने अपना रूप बदल लिया था। वह बैठ गया।

जाविती ने कहा: 'रोटी ले आऊं?'

वह बोला: 'नहा लूं जरा।'

वह कुएं पर चला गया।

5

जावित्री का मन उदास रहता। वह कुछ चाहती और पर वह स्वयं उसे प्रकट नहीं कर पाती। दुर्भाग्य से उसकी चाहना भौतिक परिधियों में होकर भी कल्पना पर अधिक आरूढ़ थी। संतोष मन की तृप्ति है। वह बहुत कम को आता है। सामर्थ्य होते हुए भी अधिकारों का उपभोग न करना इस संसार में कठिन होता है। मन में 'हाय' बैठ जाने पर कोई भी ओषधि काम नहीं करती।

उसने लेटे हुए किशन को देखा तो सामने आ बैठी। कुछ घूंघट माथे पर खींचा। कुछ चेहरा चमकाया और कहा: 'अब क्या होगा बिहारी का?'

एकांत में वह जेठ नहीं भी कहती थी, क्योंकि किशन के हृदय का इतना परिचय तो उसे था ही कि बिहारी के प्रति उसकी कोई आसक्ति नहीं थी।

'होगा क्या?' किशन ने कहा: 'जो होने को होगा, सो ही होगा।'

इस गोलमोल उत्तर से उसे चैन नहीं पड़ा। बोली: 'सच! तुमने उसे कौंधनी छिपाते देखा?

किशन ने कहा: 'क्यों? बिना देखे ही कह देता!'

बड़े कलेजे का मानस है।'

'और हमें फंसाने डोलता है!'

'हाय दैया! जो कहीं कोई और देख लेता?'

'तो यही समझता कि हमारे यहीं से सब काम होता है।'

'एक बात कहूं?'

'कह।'

'तुम बुरा तो न मानोगे?'

'बुरा मानने की होगी तो मान लूंगा।'

'नहीं सच। मज़ाक नहीं करती। तुम कभी नहीं सोचते?'

किशन का माथा कुछ ठनका। पूछा: 'क्या?'

'तुम कब तक ऐसे आसरतू बने रहोगे?'

पौरुष पर चोट बैठी। और ठीक पत्नी ही कहे कि उसका पति आश्रित है!

कहा: 'सबका हिस्सा है दुकान में, मकान में, ज़मीन में। भैया सबकी देखभाल करते हैं। मैं कहता हूं ठीक है।'

'पर तुमको भी तो कुछ करना चाहिए?'

'मैं कुछ नहीं करता?'

'क्या करते हो? करते होगे तो मुझे क्या खबर? मुझे तो कुछ बताते नहीं!'

'तुझे क्या बताऊं मैं, बाहर की बातें तू क्या समझेगी?'

'तभी तो मेरे भाग हैं ऐसे?' कहकर जाविली ने एक लम्बी सांस ली। फिर कहा: 'हमारा अपना घर कब होगा?'

'अपना' शब्द पर उसके स्वर अपने-आप दबाव डालकर लरज उठे।

किशनलाल हठात् गम्भीर हो गया। उसने कहा: 'वह दिन भी दूर नहीं है बेवकूफ! उसी दिन के लिए सारी कोशिश है।'

'पर करोगे कैसे?'

'यह मेरा काम है, तुझे मतलब?' उसका स्वर कुछ क्रुद्ध था। जाविली को सोमोती की स्वतन्त्रता का रूप दिखाई दिया।

सोमोती की याद आते ही बोली: 'तुमने सुना! मदन गया था! शिवलाल ने चमेली को नहीं भेजा। मैं कहती हूं कि ये रिश्ते-नाते झूठे हैं। अपने तो अपने ही होते हैं। सोमोती अकेली खट रही है।'

किशन में कौतूहल जागा। सोमोती के बारे में वह और भी जानना चाहता था। उसने कहा: 'रूप भी दो दिन से नहीं मिला।'

जाविली ने व्यंग्य किया: 'वह कामकाजी ठहरे। लगे होंगे!'

बात किशन के मन में बैठ गई। बोला: 'उसके पास पैसा काफी है।'

जावित्री के मन में एक लालसा-सी जाग उठी। स्त्री को आभूषणों और वस्त्रों की चाहना होती है। वह देखती थी कि सोमोती के पास ज़्यादा चीज़ें थीं। उसे सब कुछ मांगना पड़ता था। वह कभी-कभी ईश्वर से प्रार्थना करती कि ऐसा हो कि वह अपने पति के साथ अकेली रह सके, न कोई नातेदार हो, न रिश्तेदार।

छोटे परिवार में अपने स्वार्थों को काटना नहीं पड़ता। बड़े परिवार में एक-दूसरे के सुख के लिए स्वेच्छा और निरंकुशता को काम में नहीं लाया जा सकता। त्याग की भित्ति पर सामूहिक जीवन आता है, आत्मसुख की नींव पर वैयक्तिक जीवन।

जावित्री के मन में इच्छा हुई कि यदि कोई ऐसी राह निकल आती कि वह सोमोती की भांति धन की स्वामिनी होती। फिर विचार आया—कहां रखते होंगे वे लोग पैसा! उस दिन सोमोती ने बक्स खोले थे, उनमें तो कुछ खास चीज़ थी नहीं। ज़रूर धरती और भीतों में गाड़ रखा होगा।

'गाड़ना' एक रहस्य लिए रहता है। जावित्री उसी कल्पना में डूब गई।

फिर ईर्ष्या बलवती हो उठी। उसके पास धन है, एकांत अधिकार है, सुन्दर पति है, और फिर मातृत्व है। यह एक ऐसी बात थी जिसने उसके मन को झक़झोर दिया। पैसा तो आता-जाता है। अधिकार की बात नहीं, किसी तरह जीवन बीत जाए। पति की सुन्दरता क्या! सुन्दरता तो स्त्री का लक्षण है। कमाऊ हो, घरवाली की रोटी का इन्तज़ाम कर सके! काफी है। यह ज़रूर है कि काना-कुबड़ा न हो। लेकिन यह मातृत्व! यह तो हरएक स्त्री के लिए आवश्यक है। इसके बिना स्त्री का सम्मान ही क्या है। घर के पिछवाड़े बीजू केले उग आए थे। उन्हें उसके देखते ही देखते काट डाला गया था। कहने वालों ने कहा था: 'जिसमें फल ही न आएं, उस ढांचे को रखा न रखा बराबर!'

और तब विचार आया! बांझ स्त्रियों के भविष्य का ही क्या ठिकाना? मर्द दूसरा ब्याह कर लेता है। तो क्या बिना बच्चे को जन्म दिए जावित्री को

भी यही देखना होगा! क्या उसकी भी छाती पर एक नई स्त्री आकर मूंग दलेगी!

यह कल्पना ही भयानक थी। स्त्री कभी स्त्री पर विश्वास नहीं करती। स्त्रियों में मित्रता भी नहीं के बराबर ही होती है। संयुक्त परिवारों में प्रायः झगड़ा तभी होता है, जब बहुएं आती हैं। सृष्टि को बढ़ाने वाली, जननी होकर भी प्रायः ही स्त्री दूसरी स्त्री के साथ नहीं रह पाती। इसके लिए धन की आवश्यकता नहीं है। बिना धन के भी मन नहीं मिलते और धन का बहाना हो तो फिर कहना ही क्या? सौतेली मां को बिरली अवस्था में ही प्रेम-भरा पाया जाता है। समाज में घर प्रेम की नींव है, किन्तु प्रत्येक घर समाज में वैयक्तिक स्वार्थी प्रेम का प्रतीक बनता है, जो अपने चारों ओर दायरा खींचकर पड़ोसी से सच्चा प्रेम नहीं करता।

जब किशन चला गया तब वह उठी और सोमोती के घर गई। सोमोती लेटी थी। गर्भ से विश्रांत। उसमें एक अजीब-सी गर्व-भावना थी! उसकी दृष्टि में मानो जावित्री का कोई महत्त्व ही नहीं था। जावित्री इसे समझ गई।

'आओ बहू' सोमोती ने कहा: 'आई तो।'

'मैं कब न आई जिठानी जी। पर तुम्हींने नहीं बुलाया।'

'क्या कहती है!' सोमोती ने कहा: 'मेरी तो तबियत ही ठीक नहीं। सोचती थी कि बुलाने से कहीं बुरा न मानो!'

'क्यों मानूंगी भला!' वह बैठी।

'ब्याह पीछे देवर के संग रही हो। इतने आदमियों की रोटी-पानी है। मैंने सोचा, बुलाऊं। कहीं कोई काम रुके। मैं किसीको तकलीफ न देना चाहूं।'

'तुम तकलीफ कहो जिठानी जी! ऐसा दिन ही तो एक-दूसरे की ज़रूरत बतावै। जनम-मरन के लिए ही तो पड़ौस है।'

मरन की बात सोमोती को बुरी लगी। कैसी औरत है। शुभ में भी अशुभ बोलती है। बोली: 'भले का बुरा न चीत बहू। मसाला चढ़े से तेरा कांच भी दरपन बन जाएगा। भाग्य की बात है!'

जावित्री को बहुत घिन हुई। बोली: 'उसका क्या है? मैं तो तुम्हारा काम

करने आई थी। तुम मंगल, बड़े लाला, छोटे लाला को बुलाती हो न? मैं समझी कुछ मैं भी काम आऊंगी। मुझे न मालूम था!'

'क्या?' सोमोती ने तेज़ स्वर से पूछा।

'हां', जावित्री ने लापरवाही दिखाकर कहा। 'जिन लुगाइयों को देवर मिलें, उन्हें देवरानियों की ज़रूरत ही क्या?' वह उठकर चलती हुई बोली: 'मुझे तो बहुत काम है। कहो! अब की बार कौन-सा देवर भेज दूं?'

सोमोती का मन बिच्छू का डंक खा गया। बोली सुनाकर: 'कोई बात नहीं बहू! भगवान ने चाहा तो कभी तू भी शायद यह देखे!' वह हंस दी।

वह हास्य बड़ा ही कुटिल था। जावित्री के मन में उसकी तड़पती खुनक जमकर अटक गई। घर जाकर पानी पिया। घृणा से मन भर रहा था। बिस्तर पर जाकर पड़ रही। देर तक मुंह ढंके रही।

ये अपने को समझती क्या है सोमोती!

इसे घमंड किसका है! कैसे गहने पहने थी आज! कितनी घिनौनी लग रही थी! पेट जैसे सूज गया है।

उस बेला की नीरवता में उसे लगा कहीं कोई धीरे-धीरे बात कर रहा था। वह उठी और टोह ली। बगल के कोठे में से ही तो आवाज़ आ रही थी। उसने देखा कि किवाड़ भिड़ा हुआ था।

संधों में से देखा, दोनों भाई बैठे थे। मदन ने कहा: 'फिर?'

किशन ने कहा: 'तू सोच ले।'

'तुम बताओ, क्या करूं?'

'तू फिर मेरा नाम ले देगा!'

'मैंने कब लिया तुम्हारा नाम!'

फिर कहा: 'तुमने तहसील के कागज़ में खुद इबारत बढ़ाई थी। मैंने तुम्हारा नाम लिया? तुम तो बच जाते हो, मैं बदनाम होता हूं।'

'तो फिर छोड़!'

'कैसे?'

'मैं तो किस्मत की मार सहने वाला आदमी हूं। भुगतना है, तो भुगतेंगे ही।'

'पर मैं तो इस भुगतने से मर जाना अच्छा समझता हूं।'

'तू आज़ाद है। मैं गिरस्ती आदमी ठहरा। मैं बंधा हुआ हूं।' जावित्री को दिलचस्पी हुई।

किशनलाल का स्वर सुनाई दिया: 'तू छोटा था। मैं भी लड़का-सा ही था। तब दादा मरे थे। उस समय बस यही घर पर थे। और भाभी थी। गांव में कौन नहीं जानता कि हमारे बाप को हमारे बाबा ने धन दिया था। वह धन कहां गया? बड़े धरमात्मा बनते हैं। सारे का सारा डकार गए। दूकान हथिया ली, खेत हथिया लिए। कहते हैं—मेरा कौन है? जो कुछ करता हूं तुम्हारे लिए। वक्त की बात है। बड़े हैं, इसलिए मैं भी कुछ नहीं कहता। तू जानता है कि आजकल अड़ोसी-पड़ोसी किसी घर की लड़ाई देखकर मज़ा लेते हैं, हाथ सेंकते हैं। सब पी जाता हूं।'

'पर तुम्हारा तो हाथ चलता रहता है। मुझे तो पैसे-पैसे की तंगी रहती है। हर चीज़ के लिए उनके सामने हाथ फैलाना पड़ता है। और हर बार पूछते हैं—इत्ता खर्च क्यों करता है तू? तुम क्या करते हो?'

'मेरे पास तो सुसराल का कुछ है। मैं तो जब सोचता हूं तब यही सोचता हूं कि मेरे पास तो कुछ है ही नहीं। अच्छा, एक बात पूछता हूं।'

'पूछो!'

'तेरा क्या विचार है! यह बिहारी......'

'चोर है साला!' उसने वाक्य पूरा होने के पहले ही कहा।

'मुझे और शक है!'

'वह क्या?' उसने संदेह से पूछा।

'नहीं, मैं उसे कह नहीं सकता!'

'मुझसे भी!'

'अपनी ज़बान से नहीं।'

'तुम मुझपर भी भरोसा नहीं करते?'

'अरे, करता हूं, पर तुझे नादान समझने की वजह से नहीं बता सकता।'

'मैं नादान हूं?' वह आहत हुआ।

'अरे अभी तूने दुनिया में देखा ही क्या है! आजकल मेंढक ही सांप को डकार जाते हैं। तू समझता ही क्या है।'

उसके स्वर के वैभव को सुनकर मदन दब गया।

किशन ने फिर कहा: 'इस रूप को देखता है?'

'हां, हां!'

'कैसा आदमी है?'

'चोखा है।'

किशन ने बात बदली, कहा: 'उस दिन मैं न होता तो बिहारी बच निकलता? लेकिन इसने क्यों बचाया?'

'अपनी बिरादरी का आदमी ठहरा।'

'बिरादरी को नहीं वो सबको घर-घर मोंठ तोलता आता है। अरे! वह भैया को बड़ा भला और सीधा-सादा समझता है।'

'तो फिर किया क्या जाए!'

जब मदन फिर उबलने को हुआ, किशन ने कहा: 'तू ऐसा उतावला क्यों हुआ जाता है! अब ये सोच कि बिहारी पर जो बदरी ने मुकदमा किया है, उसमें क्या बिहारी बच जाएगा!'

'क्यों नहीं बचेगा, जब भइया ही खर्च कर रहे हैं सब कुछ!'

मदन ने दांत पीसे और कहा: 'हमारे लिए पच्चीस सवाल-जवाब हैं और उस चोर की ऐसी खातिर है। मैं कहता हूं कि ये तो घर को लुटाकर रहेंगे!'

'पर रोक भी कौन सकता है!' किशन ने कहा: 'सब कुछ उन्हींके हाथ में तो है। पर यह न समझना कि बदरी कच्चा है।'

'क्या कर लेगा वो?'

'तू देखता चल! तुझे पता नहीं है।'

'क्या नहीं पता है मुझे। परसों तक तो उसे गवाह भी नहीं मिला था!'

'अरे कब की बातें कर रहा है। वहां कचहरी में गवाही हो गई।'

'हो गई! किसकी!!'

'शंभू की!'

'जो बस के अड्डे पर मोटर के टिकट बेचता है!' मदन ने पूछा: "वह कहां था यहां?'

किशन हंसा।

बोला: 'वह वहां क्यों नहीं था?' उसने स्वर बदलकर कहा: 'मुंसिफ यह कैसे जानेगा कि नहीं था। शंभू की बिहारी से पुरानी रंजिश है। जलबोर्ड ने कुएं खुदाने को आधे रुपये दिए थे न? तब शंभू ने कुछ रकम उड़ाने की कोशिश की थी, उस कमेटी में घुसकर। उस वक्त बिहारी का दांव लग गया। इसने पकड़ लिया। तब शंभू ने कहा: अच्छी बात है, आधा-साझा कर लेंगे। मगर ये तो पूरी रकम डकारना चाहता था, और वो भी अकेले। इसने बड़ा धरमराज बनकर कहा: नहीं, जनता का रुपया न मैं खाऊं, न खाने दूं। शंभू दांत किटकिटाकर रह गया। बेचारा सीधा-सादा आदमी ठहरा। पर उसने इसे भी न खाने दिया।'

'मैं पूछता हूं, खा ही गया हो तो क्या अचरज! शंभू जो तीस-चालीस खा ही लेता तो क्या बिगड़ जाता इसका! बड़ा सांचाधारी बन गया यह सुनार! जनता का रुपया तो खा-खाकर लोग मिनिस्टर, मन्त्री बनते हैं। कोई पूछता है! सरकार हमींसे तो लेती है।'

'लेकिन यह कौन समझाए, किसे? भइया ने भी सुना था तो कहा था: राम-राम! जनता का रुपया भी खाना चाहते हैं ये लोग! सुना तूने! क्या कहा! पर शंभू भी कौल का आदमी है। मौका देखता रहा। भूला नहीं। अब अवसर देखा तो मैदान में कूद पड़ा। बदला लेकर रहेगा। तूने कभी सुना कि बिगर कलाकन्द भी कोई गवाही देता है, लेकिन शंभू ने दी है। वह कहता है: बदरी! ये तेरा नहीं, मेरा मुकदमा है। पर बदरी भी निबाहना जानता है। न्यूकट के जूते लाकर शहर से पहनाए हैं उसे!'

'सोलह रुपये से कम की जोड़ी तो क्या आई होगी?'

'और क्या? बदरी कहता था कि मेरे लिए जब ये बखत बरबाद कर रहा है तो क्यों न मैं इसके काम आऊं। लुगाई भी तभी पांव दबाती है जब उसके लिए मरद रोटी-पानी का इंतज़ाम कर देता है। मदन! दुनिया में पैसे की माया

है। तूने कभी सुना कि किसी बाप ने अपनी बेटी भिखमंगे को दी हो। सम्बन्ध तो शुरू ही स्वारथ से होता है। उसके ऊपर फिर तरह-तरह के ढांचे-जाले खड़े होते हैं।'

'बिल्कुल यही बात है। स्वारथ ही बड़ा है। सब इसीके पीछे डोलते हैं। सब अपने-अपने आराम की दुहाई देते हैं।'

'अरे मैं तुझे क्या बताऊं। मोटर की बात है। एक किसान की औरत कहती थी: यह मोटर वाले किराया बढ़ाते हैं। एक ने कहा: तो मरी क्यों जाए! तो कहती है: किसान की कमाई बड़ी गाढ़ी मेहनत की। तावड़ा की घमक में गोरी काली पड़ जाए खाल। अब हल चलाओ, फिर बोओ, फिर नरावा करो, फिर काटो, फिर दायं करो, फिर बरसाओ, तब कहीं नाज घर आए। तिसमें आंधी, पाला, बिजली, कड़क, टीडी, टिड्डा, पचास जोखों हैं। ये नहीं कि तेल डाला और मोटर चल दी। तो मैं तो सुनता हूं कि ड्राइवर कहता है—और हम गाड़ी के नीचे सोवें कालिख में रंगे-पुते! आंधी, गर्मी, बरसात में नदी-नालों में हांके। हमारा काम आसान है! कहती है: तेरा पेट भी तो भरै! वह कहता है: तुम्हारा न भरै! पेट तो नीयत से भरै। सुनकर सबने हामी भरी: सो तो है। ईमान उठ गया दुनिया से।'

उसके स्वर में विषाद था।

मदन ने कहा: 'तुम तो कानून जानते हो, कोई तरकीब करो!'

'क्या? बता।'

'मैं अलग होऊंगा। तुम भी हो जाओ!'

'मुझे आगे न ला। अभी ऐसा वक्त नहीं आया है। इस समय भैया पर वैसे ही ज़ोर पड़ रहा है बिहारी के खर्चे का!'

'पीछे क्या बचेगा अलग होने को!' मदन ने कहा: 'तुम पीछे को रोते रहना। जो है सो अभी है।'

'पर लोग क्या कहेंगे?'

'मेरी बला से! कुछ भी कहें।'

'अरे ऐसे काम नहीं होते!' किशन ने कहा।

जाविली के मन में आया कि भीतर जाकर तुरन्त मदन की हां में हां मिलाए। परन्तु तभी उसने किशन का स्वर सुना: 'अगर मैं भी खर्च देता हूं, तो लोग यों न कहेंगे कि भैया घर बरबाद कर रहे हैं। लोग कहेंगे किशन लुगाई वाला है, वही सब कुछ कर रहा है। फिर तू भैया से ही अलग होना चाहता है कि मुझसे भी!'

जाविली का मन स्तब्ध हो गया। क्या हुआ यह? कल मदन की बहू आएगी।

'तुमसे क्यों भला?' मदन ने कहा: 'कैसी बातें करते हो तुम भी! अरे तुमने कब घर बिगाड़ा?'

'भाई! मेरे पास है नहीं कुछ। लेकिन मैंने कभी तुझे कुछ मना नहीं किया।'

'अरे मुझे याद है। मैं बुखार से उठा था। ठीक हो गया था, पर भैया जबरन मुझे लंघन पै लंघन कराके भूखा मारे डाले दे रहे थे। मैं तो मरा जा रहा था भूख के मारे। तुमने उस बखत मुझे छिपा के ब्याह के घर में पूड़ियां लाकर दी थीं। वो दिन आज का-सा याद है। उनकी तरकीब फैल हो गई। मैं मरा नहीं।'

'अरे खाये से कौन मरता है बावले!' किशन ने कहा: 'आदमी भाग्य से मरता है। चंपो नाइन का घर वाला, पेट फूल गया, जिंदगी से ऊब गया, जंगल में डंडा थूहर का दूध पी गया कि मर जाऊं। मगर पीते ही जो बेहोश होकर गिरा है, कि तीसरे दिन भला-चंगा। बराबर पानी बहा देही से। मरा नहीं, जी उठा। घर आ गया। अब देख! मरने वाला घर बैठे मरता है कि नहीं?'

'दिन-दहाड़े!' मदन ने सिर हिलाकर कहा।

फिर बातें धीरे-धीरे होने लगीं। जाविली सुन नहीं सकी। चंपो की याद आ गई। वह उसीसे मिलने को चल दी।

दूसरे दिन घर में सन्नाटा-सा छा गया।

केवल रामलाल का स्वर सुनाई दिया: 'किशन!'

कोई उत्तर नहीं।

जाविली नहीं बोली।

'बहू! किशन सवेरे का गया अभी नहीं आया?'

कोई उत्तर नहीं।

'मदन है?'

वह चुप रही।

'रोटी भी नहीं खा गया?'

वह फिर चुप रही।

'अरे! कमबखत रोटी तो खा लेता!'

फिर बिहारी का स्वर आया: 'बस बहुत हुआ। वही तो तुमपर मुकदमा दायर करे और तुम्हें उसीकी चिंता हो।'

'बच्चा है वह,' रामलाल ने कहा, 'मुझपर केस करता है बावला। कह देता तो मैं उसे नाहीं कर देता?'

'हुंह! यह मज़ाक नहीं है।' बिहारी ने फिर कहा: "भैया! इसमें चाल है। तुमने इनके लिए क्या न किया? और अब तुमपर यह चोट!'

फिर आवाज़ सुनाई नहीं दी।

जावित्री का मन कुलबुलाने लगा।

कैसा मुकदमा! भैया पर! मदन ने किया! जेठ भी क्या कहते हैं! पर भड़काने वाला है बिहारी। ऐसे समय में न मदन, न पति। वह किससे कहे-सुने। पेट में चूहे कूदने लगे। बेचैन हो गई।

पर कोई नहीं आया। तब वह सो गई। सवेरे उठी तो देखा किशन खाट पर सोया था, पर मदन नहीं आया था। जब किशन जगा तो बोला: 'तू बहुत जल्दी सो गई रात!'

'कौन कहता है?'

'मैं कहता हूं।' उसने त्यौरी बदली और पूछा, 'मदन नहीं आया अभी तक?'

आवाज़ आई: 'कौन?'

'मैं हूं भैया!'

'आ गया किशन!' स्वर में उल्लास था। 'आ गया? तेरी ही राह देख रहा था। सुन तो।'

'आया भैया!'

'अरे तूने सुना?'

'क्या हुआ?' वह बाहर गया।

'कब आया तू?'

'रात अबेर हो गई थी। तुम सो गए थे!'

'मदन कहां है?'

'ऊपर नहीं है?'

'उसे ढूंढकर ला भैया!'

'क्यों? कहां गया?'

'पता नहीं,' भैया ने हंसकर कहा: 'एक मुकदमा-सा कर गया है मुझपर बंटवारे के लिए...'

'कौन? मदन?'

'हां, वही, नादान...'

'मुझसे कहा भी नहीं!'

जावित्री नहीं चौंकी।

'तुझसे कहता तो ऐसा होता ही क्यों? वह पागल है। अरे मैं चला जाऊंगा। मैंने दुनिया देखी है। वह तो लड़का है। कल जाने रोटी भी खाई कि नहीं।'

फिर वे बाहर चले गए दोनों। जावित्री सोचती रही। और उसने आटा गूंधना शुरू किया।

किशन संझा को लौटा।

'रोटी भी न खाई!'

'उसीको ढूंढता रहा!'

'लाला आ गए?'

'आता है बस! अब रुपये मांग रहा है।'

'रुपये? क्या करेंगे!'

'उधर भैया, इधर मदन, पिसा कौन? मैं!'

'तुम्हारे पास हैं?'

'धरे हैं ले!' उसने कहा। 'वह अंधेरे पीछे आएगा। तू रोटी ले जा, पीछे; पीछे है, है नौहरे के पास।'

'बुला न ले आऊं?'

'आ जाए तो ले आ।'

सचमुच मदन उसके साथ आ गया। जावित्री ने रोटी परोसी। खाने लगा।

पर दोनों भाई चुप रहे। जावित्री प्रतीक्षा करती रही। पड़ोस की औरतें बाहर बतरा रही थीं। वह भी वहीं उतर गई। एकांत होने पर मदन ने कहा: 'क्यों? क्या सोचा तुमने?'

'किस बारे में?' किशन ने पूछा।

'वही रुपयों के......'

'हां! हां! कितने चाहिए?'

'सौ एक हो जाते ......'

'तू तो जानता ही है, पास तो हैं नहीं.......'

'फिर?'

'इन्तजाम करता हूं। पर......'

'क्यों, सोचते क्या हो? दे दूंगा।'

'मैंने तुझे देकर कभी मांगे?'

'कभी नहीं, इसीसे तो मुंह खुल रहा है मेरा।'

'फिर ओछी बात क्यों करता है?'

'गलती हो गई।'

'भइया मिलेंगे तो?'

'मैं सामने नहीं पड़ूंगा।'

'हां, कहीं मुझे बीच में न डालियो।'

'तुम बेफिकर रहो।'

'पर कब तक छिपा-छिपा रहेगा?'

मदन चुप रहा।

'सुन!' किशन ने कहा: 'मेरे पास इस वक्त बस तेरी भाभी की एक हंसलिया है। उसे रख दे बदरी के!'

'भाभी की!' वह चौंका, 'वह जानेगी तो?'

'उसके लिए बनवाई थी मैंने, पर वह अभी नहीं जानती!'

मदन प्रसन्न हुआ। फिर कहा: 'बदरी? वह क्या रखेगा?' 'जरूर रखेगा। वह क्या नहीं जानता कि तूने भइया पर मुकदमा दायर किया है। वह तो बड़ा खुश है!'

'तुम्हें कैसे पता?'

'बिहारी मास्टर आलूबुखारा से सुनकर आया था, भइया को सब सुना रहा था।'

मदन ने उत्सुकता से पूछा: 'सारा गांव जान गया है?'

'हां।'

'सब पूछेंगे मुझसे।'

'शम्भू तुझे ढूंढ़ रहा था।'

जबम दन बदरी के यहां पहुंचा, बदरी ने उसे बड़े प्रेम से बिठाया और कहा: 'कहो मदन! आखिर तो बांध टूट निकला। भइया तो मज़े में हैं। हमारी तो उनसे कोई दुश्मनी नहीं!'

मदन ने कहा: 'यही तो मैं कहता हूं। ऐरे-गैरों की हिमायत से हमें क्या?'

'वही तो भइया! पर अकेले आदमी को इसकी क्या चिंता कि आगे रहने वालों का होगा क्या?'

'बात की लड़ाई बताते हैं।'

'हमारी-उनकी क्या बात?' बदरी ने कहा: 'हमारी तो उस नंगे उचक्के से रार है। जेल की हवा न खिला दी तो!'

'उसने चोरी की है, नहीं की है, हमें मतलब?'

'यही तो मैं कहता हूं। उन्हें क्या पड़ी थी बीच में आकर अपने घर को बरवाद करने की?'

'अपने घर' पर उसने ज़ोर दिया।

मदन ने कहाः 'यही तो बात है। समझते हैं कि मालिक हैं। पैसा नहीं है हमारे पास, बस यही कसर है!'

'सब तो रामलाल ने दबा रखा है। होगा भी कहां से?'

'अब तुम कुछ मदद करो तो काम चले।'

उसने चौकस स्वर से कहा: 'हज़ार जान हाज़िर! पर मेरे किए होगा भी

क्या?'

मदन के हाथों में हंसुलिया चमकी। कोई पाव-भर सोना। बदरी ने कहा: 'बहुत भारी है। कहां मिली?'

'भइया की है।'

'किशनलाल की?'

'उन्होंने दी है। मेरा और कौन है?'

बदरी ने कहा: 'वह कहता भी था कि उसका तो मुंह बंद है।' उसकी आंखें चमकने लगीं।

मदन रुपये लेकर चला गया। रात हो गई। बदरी को नींद नहीं आती थी। कहां से आया किशनलाल के पास इतना सोना!

उस समय किशनलाल सारे रुपये लेकर, सौ मदन को देकर विदा कर चुका था। मदन का सिर श्रद्धा से झुक गया था। किशन प्रसन्न था। जावित्री को भी पता नहीं चला था।

बदरी को जब यह विचार आया, वह उठ बैठा और दीपक के उजाले में बैठा-बैठा तरह-तरह की बातें सोचने लगा। चतुर बौहरा घर में इकला था। वह रात को तीन जगह बदल-बदलकर सोता था। उसे सदैव डर लगा रहता था कि कहीं कोई कत्ल न कर जाए।

फिर ध्यान आया। दो कड़े। फिर अंगूठी। फिर पाव-भर सोने की हंसुलिया। पाव माने बीस तोला। दो हज़ार रुपये का माल। सिर्फ हज़ार में धर गया। अब वह क्या छुड़ा लेगा? अजी छुड़ा लिए! लेकिन किशन इतनी गिरवी रखकर भी करता क्या है माल का!

अचानक ही एक भयानक बात उसके माथे में बज उठी। उसने लालच में माल चुपचाप धरा है। कभी जांच नहीं की। क्या वह सब सचमुच सोना है?

बदरी को लगा सारी दुनिया घूम रही थी। उसने दीवाल पकड़ ली। सोना हराम हो गया। उसी वक्त जाकर कोठरी का बक्स खोला। दीये का प्रकाश दीवारों पर पड़ा और हिला। उसने गहने निकाले। कितने पीले थे, चमकते हुए!

नहीं। माल असली है।

फिर बक्स में रख दिया।

तभी फिर विवेक ने कहा: और नकली मुलम्मा ही हो तो?

वह फिर व्याकुल हो उठा।

उसने हंसुलिया उठाई और खुरच दी। जो कुछ देखा, उसपर विश्वास नहीं हुआ। वह मूर्च्छित हो गया। जब होश आया तो उठ बैठा। फिर देखा।

हंसुलिया भीतर से नकली थी। तो कड़े, और अंगूठी?

सब चांदी के!

क्यों वह लोभ में इतना अन्धा बन गया। उसका मन किया कि अपना सिर दीवार में मारकर फाड़ दे। मन किया किशनलाल का खून पी जाए। लेकिन सबूत? वे शब्द याद आए किशनलाल के—बौहरे! हमारी-तुम्हारी क्या लिखा-पढ़ी! ईमान का सौदा है। वचन से बढ़कर भी दुनिया में क्या है!

बदरी ने उन वचनों को सुनकर मन ही मन कहा था—बेवकूफ!

और आज! बेवकूफ कौन था?

तो क्या कौंधनी भी किशनलाल...

वह हिल उठा। उसने अपना सिर पकड़ लिया।

अब वह कहां जाए?

तो क्या बिहारी बेकसूर है?

लेकिन अब!

कौन जाने ये सब मिले हुए हों!

पहले ही वकील ने कहा था कि तीनों भाइयों को बिहारी के साथ लपेट दो, लेकिन उसने सबसे दुश्मनी बांधने को बुद्धिमानी नहीं समझा। फिर तो बामन-बनिया का सवाल भी हो सकता है। खासकर किशनलाल क्या नहीं कर सकता? अरे यह तो बड़ा भारी ज़ालिम है।

बदरी का मन भीतर ही भीतर घुमड़ने लगा। क्या करे? क्या न करे?

रामलाल के पास जाना तो अब व्यर्थ है। और शंभू से कहे! लेकिन वह कमीना ही क्या भला है! इस एक गवाही में ही खाने को कलाकंद तक तो खाया नहीं, ज़माने में तो भला बन गया, मगर भीतर ही भीतर पच्चीस रुपये खा गया। और उस एक गवाही से होता ही क्या है! हाय-हाय! कैसा मौका निकल गया! वकील ने कहा था किशनलाल और बिहारी की मिलीभगत

साबित करना आसान होगा, लेकिन वह न जाने उस वक्त क्यों डर गया।

बदरी का मन घृणा से कड़वा-कड़वा-सा हो गया। उसे कुछ भी नहीं सूझा। किससे कहे कि 2000 का माल समझ 1000 में रखा था। ज़माना तो बौहरे के खिलाफ है। मुनसरफ भी नहीं सुनेगा। पर यह तो ठेठ 420 का मामला है। फौजदारी का-सा तुरन्त फैसलेवाला!

रात बीत गई, परन्तु बदरी राह नहीं निकाल पाया। वह कुछ भी नहीं सोच सका।

सवेरे माथा भारी था। सिर फटा-सा जा रहा था। बदरी मुश्किल से उठा। उसने देखा अभी तक उजाला पूरी तरह से नहीं हुआ था। वह सीधा रामलाल के पास गया।

रामलाल घर नहीं था। उसकी आदत थी कि सवेरे वह नित्यकर्म से फारिग होकर ही घर लौटता था। किरमिटों की बगीची में वह कुएं पर नहाता।

किरमिट परिवार किसी समय समृद्ध था, परन्तु अब उसका एक भी वारिस नहीं बचा था। बदरी ने उसे वहीं जा धरा।

'तुमने देखा पण्डित! जीती मक्खी निगल जाओ, मगर गरीब की आतमा में बल होता है।'

रामलाल भजन करके उठा था। उसका मन शांत था। उसने कहा: 'क्या सवेरे-सवेरे झगड़ना ही आता है?'

बदरी ने ताना कसा: 'धरम तो तुम ही लूटोगे! और हंसुलिया भी धरवाओगे?'

रामलाल नहीं समझा। किन्तु जब बदरी ने सारा किस्सा सुनाया तो वह क्रोध से पागल हो उठा। कुछ देर तक तो वह बोल भी नहीं पाया। फिर उसने कहा: 'तू सच कहता है?'

उसका रौद्र रूप देखकर बदरी ने उसके पांव पकड़कर रोते हुए कहा: 'दुहाई है। सच कहता हूं। तुम्हारी गौ हूं।'

'हूं!' रामलाल ने कठोर स्वर से कहा। 'मेरे साथ चल। यह बात...घर चल। मदन से पूछता हूं।' वह कह नहीं सका। गुस्से के मारे उसका गला रुंध

गया। फिर कहा: 'गांव गुंडों से भर गया है। मेरा भाई ही क्यों न सही, है तो गुंडा!'

उसकी आंखें सुर्ख थीं।

घर पहुंचा तो देखा—मदन नहीं था, न किशन था। बिहारी भी नहीं था। बदरी ने ताना मारा: 'मिलीभगत है पण्डित। देख लूंगा। मिट जाऊंगा, मगर मिटा के छोड़ूंगा। तुम्हारी देहली पै कसम खाता हूं, इसे उलांघने लायक तुम्हें नहीं छोड़ूंगा।'

वह चला गया, तो रामलाल कटे पेड़-सा खाट पर गिर गया।

बदरी थाने की ओर बढ़ चला। अब उसका भय निकल गया था, और केवल घृणा, घृणा ने उसमें विष भर दिया था।

आकाश में सूरज ऊपर चढ़ आया था, जब बिहारी ने चौखट पर पांव दिया। घर में केवल जावित्री थी। और कोई न था। आलूबुखारा चले आ रहे थे।

उसने हांक लगाई: 'आलूबुखारा!'

उसने नियम बजाते हुए मरे स्वर से कहा: 'बच्चा बिचारा।'

फिर पास आकर कहा: 'तू कहां था?'

उस स्वर को सुनकर बिहारी का दिल दहल उठा। बोला: 'क्यों?'

'तुझे कुछ पता नहीं?'

'नहीं तो?

'रामलाल थाने में बन्द है, किशन छुड़ाने की कोशिश में लगा है। मदन और रूप सवेरे ही आगरे चले गए।'

उसे विश्वास नहीं हुआ। बोला: 'ज़्यादा खा गए क्या?'

'अबे उल्लू!' मास्टर ने कहा: 'तेरी कसम!'

'रामलाल थाने में??'

'हां, हां, रामलाल! बदरी ने बन्द कराया है। जाने कौन-से दफे में है, यह तो पता नहीं। बाज़ार में सनसनी है। सारे बामनों में रोस है। लेकिन दरोगा की मुट्ठी ही नहीं, सुपरटेन्ड की मुट्ठी तक गर्माई गई बताई जाती है। किशन

ज़मानत के फेर में है, मगर दरोगा कहता है कि जमानत मुन्सिफ के यहां होगी। शाम तक यों टल जाएगी। कल इतवार है। परसों हथकड़ी लगा के ले जाएगा मोटर में। नाक कट ही जाएगी। क्या रखा है फिर? हमने तो सुना है; तेरा भी वारंट है। तू सवेरे से कहां था?'

'मुझे तो किशन ने भेजा था कि मदन के सम्बन्ध के बारे में पत्री मिलवा लाऊं। शिवलाल है न? रूप का जीजा। उसने भेजी है अपनी बहन की पत्री। पण्डित के गया था, वहीं बैठा रहा। अब जाता हूं।'

'तो क्या जाएगा? कहां?'

'थाने।'

'पागल हुआ है उल्लू! पहले किशन को आने दे।'

'मैंने क्या चोरी की है जो डर जाऊं? भइया वहां रहें और मैं बाहर डोलूं? जिन्दा मुर्दा हूं मैं! फूंक दो मुझे मिट्टी का तेल छिड़ककर, समझे!'

मास्टर देखता रह गया। वह थाने की ओर चल दिया।

सोमोती ने पूछा: 'छोटी! क्या हुआ?'

जावित्री ने सूखे मुंह से कहा: 'पता नहीं क्या होगा। सवेरे से भाग-दौड़ कर रहे हैं। जमानगत के लिए।'

'खुद नहीं देते लाला?

'दें क्या? दुकान तो उनके हाथ है, सब उनके पास है, घर में साझा है, क्यों रखे कोई? दोस्त के नाम एक बिहारी है, उनके पास क्या है भला?'

'वे भी आज ही सहर जाने को थे! मदनलाल भी नहीं है घर?'

'कोसिस तो है ही। न उनने खाया, न पिया। बड़े भइया के लिए प्रान कण्ठ में समा गए हैं। मुझे तो देख-देखकर डर लगता है। कहीं उन्हें कुछ हो गया तो, फिर न जाने क्या होगा! वह निपूता बदरी है सत्यानासी!'

'कहां ले जाएगा सब! न आगे न पीछे।'

तभी मंगल ने आकर सूचना दी—बिहारी थाने में ही पकड़ लिया गया।

दोनों स्त्रियां आतंक से थर्रा उठीं। उसने यह भी कहा कि शायद दोनों को थाने में पीटा भी गया है। जावित्री का मुंह सूख गया, वह रोने लगी। सोमोती ने कहा: 'बैरी! घर घालने बनिया! तेरा लहू पियूं। मंगल! तु आगरे जा। ठाड़ाठाड़ बगदा ला। कह दे जाकर, लंका की जगह अजुध्या जल गई। अब गांव का धरम डूब गया।'

मंगल बाहर चला गया।

ज़मानत शाम को ही हो गई। मगर जब रामलाल घर आकर बैठा तो वह गुमसुम था। बिहारी नहीं छूटा, क्योंकि उसपर मुंसिफ के बिना बंदिश नहीं हटती थी। रामलाल के लिए दरोगा पांच सौ खा गया था, जो किशनलाल कहीं से लाया था। न रामलाल बोला, न उसने रोटी खाई, न पानी पिया, न मुंह पर से हाथ हटाया। देहली के भीतर नहीं घुसा।

मदन और रूप शाम को ही आ गए। रामलाल ने किसीको भी नहीं देखा। उसको देखकर सबको रुलाई आती थी।

रूप ने कहा: 'भइया, रोटी खा लो।'

वह नहीं बोला।

'किसीसे नहीं बोलते!' किशन ने कहा।

दोनों भीतर आए।

'बदरी ने किया?' रूप ने दांत पीसकर कहा: 'बनिये का इतना हौसला?'

'बदरी ने किया।' किशन धीरे से बुदबुदाया।

जावित्री की चूड़ी दरवाज़े के पीछे से बजी।

'बहू बुलाती है,' रूप ने कहा: 'रोटी खाई?'

भीतर से वह फुसफुसाई: 'सबेरे का लंघन है।'

'रोटी तो खा ले।' रूप ने प्रेम की फटकार दी।

'भइया तो भूखे हैं।'

रूप की आंखें झुकी रहीं। फिर कहा: 'बिहारी की ज़मानत?'

'आज नहीं हुई।'

'आज ही होगी।' रूप ने दृढ़ता से कहा: 'चाहे पांच हज़ार खर्च हो जाएं।'

उस समय रात थी, जब पागल-सा बिहारी आकर रामलाल के सामने गिरकर फूट-फूटकर रोने लगा: 'अरे सारा गाम देखता रहा। धरमराज को आज कलजुग ने भीतर बंद करवा दिया! तुम्हारी आंखें न फूट गईं देखने वालो!'

रूप चिल्लाया: 'बिहारी पागल न बन!'

सहसा रामलाल हंसा। वह हास्य सचमुच विकराल था।

फिर अचानक मदन चिल्लाया: 'भइया!'

'अरे कोई हकीम-वैद को बुलाओ!' रूप ने पुकारा।

पड़ोसी आ गए। कोलाहल मच उठा।

जावित्री और सोमोती भीतर खड़ी कांप उठीं।

'भइया ऽऽऽ......' मदन का चीत्कार गूंज उठा।

बिहारी बेहोश हो गया था।

रूप देखता रहा, देखता रहा, फिर अन्धकार में हट गया।

सवेरे लोगों ने देखा, रामलाल की लाश से कफन लपेटा जा रहा था। किशनलाल बुत बना बैठा था। मदन रो रहा था। भीतर पड़ोस की स्त्रियां जावित्री और सोमोती के साथ पुक्का फाड़कर रो रही थीं, रूप अर्थी सजा रहा था और मास्टर आलूबुखारा उदास-सा बैठा था। केवल बिहारी पागल-सा बक रहा था: 'बर्बाद कर लिया तूने...ह ह ह मार डाला...हो हो...अच्छा किया... वाह...खूब किया...भइया को ही...'

रूप ने डांटा: 'बिहारी होश कर...'

उसी समय थाने के सिपाहियों ने बिहारी को आकर पकड़ लिया। सनसनी खिंच गई।

रूप का मुंह स्याह पड़ गया। बदरी सिर पर धूल लगाए पागल-सा खड़ा था।

रूप ने कहा: 'बदरी! तू फिर? देख रहा है?'

'देख तो वो रहा है, ऊपर वाला', बदरी ने कहा: 'दुहाई है गाम की। कल रात तो इसने झाड़ू लगा दी मेरे यहां...'

सिपाही बिहारी को पकड़ ले चले, किन्तु वह हंस रहा था, शायद पागल हो गया था...

रूप मूर्च्छित होकर बैठा का बैठा रह गया।

6

रामलाल की चिता जली, बदरी के प्रति लोगों का स्नेह धुआं बनकर उड़ गया। किशन ने ऐसा कारज किया और सातों जात जिमाई कि बदरी की रही-सही साख भी हवा हो गई। किशन के मुख पर ऐसी उदासी थी कि स्वयं रूपनरायन भी देखकर आश्चर्य में पड़ गया। जब वह उससे एकांत में मिला, उसकी किशन से बात करने की हिम्मत भी नहीं पड़ी। किशन ने उदास आंखें उठाकर कहा: 'रूप, फल मिल गया। पाप दुःख ही देता है!' रूप बाहर चला गया क्योंकि नातेदारों की भीड़ जमा हो रही थी। पर रूप का हृदय कांप गया। जब सब काम हो गए, किशन ने कहा: 'मदन! अब तू सम्भाल! मैं तो चला।'

'कहां जाओगे?'

'इस दुनिया में कुछ भी नहीं है।'

अतरौला से पूये खाने आया था पतलून वाला शिवलाल और संग थी चमेली अपनी ननद प्रैम को लिए हुए। रामलाल की मौत के बहाने वह प्रैम को लाई थी इस उम्मीद में कि शायद मदन से मामला तय हो जाए। स्पष्ट ही साल-भर को तो बात टल ही गई थी, क्योंकि रामलाल मदन का भाई था, पर साल-भर बाद ही सही। बात तो पक्की हो जाए। लेकिन वातावरण ऐसा उदास था कि उसे बात छेड़ने का मौका नहीं मिल रहा था। और शिवलाल था

दामाद। दोनों वक्त चकाचक भोजन मिल रहा था, सोमोती की आज्ञा थी। वह पड़ी रहती, भंडार चमेली के हाथ था। सोमोती को सहारा मिला था, इन दिनों उसे आराम की ज़रूरत भी थी। प्रेम के आने से मदन भी मौके निकालकर सोमोती और रूप की सेवा में उपस्थित दिखाई देने लगा। किशन ने देखा तो एक लपट-सी भीतर ही भीतर सुरसुरा गई। चमेली भी कितनी खिल गई थी। जब ब्याह के गई थी तब छोटी-सी थी। किशन ने तब देखा भी नहीं था। लेकिन सोमोती को चिन्ता थी रूप की। वह ऐसा उदास रहता कि उसकी कुछ भी समझ में नहीं आता। उसने किशन को बुलाया।

'बुलाया है?' उसने बैठकर पूछा।

ओट से उसने कहा: 'तुम्हारे भैया को क्या हो गया है?'

'मुकदमा लग गया है भाभी!' किशन ने धीरे से कहा।

'कैसा मुकदमा?'

'बिहारी को छुड़ाने की कोशिश कर रहे हैं।'

'बिचारा!' उसने कहा: 'बेकसूर फंसा है।'

'इसीलिए तो रुपया भी ज़्यादा खरच करना पड़ रहा है!'

रुपया! रुपये का नाम सुनकर सोमोती के कान खड़े हुए। बोली: 'सच! कौन कर रहा है?'

'वही रूप और कौन? मेरे पास तो है ही क्या? लेकिन रूप में भलमनसाहत है।'

'कहो तो, कितना लगा होगा?' स्त्री-हृदय ने सतर्क होकर पूछा।

'तीन एक हज़ार तो उठ चुके होंगे। अभी पांच एक हज़ार उठ ही जाएंगे। तुम जानो आजकल रिश्वत कम है? सिपाही, दीवान, दरोगा, डीएसपी, एसपी, और कोरट तो पहले भी थे, और डीसी, मुन्सिफ और डाक्टर और जाने कौन-कौन-से बड़े आदमी हैं, मगर नये भी हो गए हैं अब, पंच, सरपंच, एमेले, ऐम्पी, मिनिस्टर। मगर रूप का ही कलेजा है कि इतनी चोट, और वह भी दूसरे के लिए झेल रहा है, खैर! बड़ों से मुलाकात हो रही है, कभी तो काम आएगी।'

'अरे आग लगे ऐसी मुलाकात में!' सोमोती को लगा कि सब कुछ उसके

देखते-देखते लुटा जा रहा था। वह अपने को मालकिन समझती थी, और यहां वह चूल्हे और ढोर-डंगर की चौकीदार-भर निकली। बिहारी दस दिन बंद न रहा, तीन महीने पीछे ही छूटा तो क्या बिगड़ गया? यहां रोटी न तोड़ी, वहां तोड़ ली। नाक का सवाल ही कहां रहा! जेल तो हो ही गई। हमदर्दी दिखाना और बात है, मगर मरा वो यहीं मरेगा अब छूट के भी। रामलाल तो है नहीं अब! और उसे कौन खिलाएगा।

किशन ने फिर कहा: 'मुझसे दरोगा जी पूछते थे। इतना माल इस रूप के पास कहां से आया जो फूंक रहा है? और इसे छुड़ाने को वह क्यों बर्बाद हो रहा है? इसका तो वह कोई रिश्तेदार भी नहीं। 'इशारा करता था कि कहीं बिहारी के ज़रिये चोरी के गहने यही तो नहीं रखता था?'

सोमोती को काटो तो लहू नहीं। भय से मुख विवर्ण हो उठा। बोली: 'भइया की सौगंध! तुम नहीं रोकते उन्हें?'

'मैं कैसे रोकूं?' किशन ने उठते हुए कहा: 'तुम कहो।'

'मेरी क्यों मानेंगे वे?'

उसने पैनी आंखों से देखकर कहा: 'इत्ती बात तुम्हारी द्यौरानी तो क्योंकर सुनती?'

सोमोती का मन ईर्ष्या और लज्जा से भड़क उठा। कहा: 'तो घर तुम्हारा नहीं यह! पुलिस का भी ध्यान नहीं। ये मरे किसीके नहीं पुलिस वाले!'

'बाप के भी नहीं अपने!' उसने सिर हिलाकर कहा।

'कहो मेरे सिर पर हाथ धरकर लाला! तुम उन्हें रोकोगे। घर फुंका जा रहा है, फुंकने दो, मगर ऐसा भी क्या चूल्हा जलाना कि रोटी सेंकते हाथ पजर जाएं?'

'देखो।' उसने कहा और चला आया।

रात को चमेली ने खाना परोसा। शिवलाल खीर खा रहा था।

चूल्हा चमेली के हाथों, दूध प्रैम के। लेकिन चिन्ता से व्याकुल सोमोती घूंघट किए ओट में आ गई। बोली: 'पूछो ननद जी! तुम्हारे भैया का मुंह क्यों

सूखा जाता है?'

रूप हंसा, कहा: 'पहले लहलहा रहा था?'

शिवलाल भी हंसा।

सोमोती कुछ भी नहीं कह सकी। आधी रात के सन्नाटे में वह उसकी खाट पर बैठ गई। रूप जाग रहा था।

'अभी तक सोए नहीं।'

'सोया था। तेरी आहट से जग गया।'

सोमोती का मन छोटा हो गया। बोली: 'मुझसे जगे? तो मैं जाऊं?'

'हां, सो रह!' उसने नितांत उपेक्षा से करवट बदलकर कहा। वह आहत-सी लौट आई। पुरुष नींद को प्यार करता है, और अपनी नींद में कोई बंटवारा नहीं चाहता। स्त्री चाहती है कि पुरुष उसका मनोरंजन करे और तब अपनी नींद को अवसर के मुताबिक फिट कर ले। यह संघर्ष सनातन से चला आता है। दिन समाज का है, इसलिए स्त्री चाहती है कि उसकी रात हो। और पुरुष पूछता है—मैं दोनों की जगह जागूं, तो सोऊं कब? स्त्री चाहती है, पति बोले, उसे बहलाए, प्रेम जताए। पुरुष होता है यथार्थवादी। शादी हो गई, ठीक है, सब चलता है। स्त्री चाहती है कि जो रस उसे शादी होते ही मिला था, वह जीवन-भर मिले। लेकिन पुरुष की बुद्धि नये-नये मनोरंजन खोजती है।

जब वह लेटी तो बिहारी सांप-सा नज़र आने लगा। दूसरे दिन किशन ने उससे कहा: 'तुमने कहा?'

'नहीं।'

'क्यों?'

'उससे झगड़ा कौन मोल ले! मेरा तो खास भाई मर गया, पर मैंने बदरी से क्या बदला लिया? कुछ नहीं। समय का फेर है। कोई थाने में बन्द होते मर नहीं जाता। भइया का दिल बहुत ज़्यादा नरम था। तो कोई क्या करे? कतल कर दूं बदरी का? कानून भी तो चाहिए? बिहारी नहीं छूट सकता। उसने बदरी के घर चोरी की है। रूप कहता है—उसने नहीं की। तो मैं पूछता हूं किसने की? इसे क्या पता जो बोलता है?'

वह नहीं समझी। उस समय चमेली कपड़े सुखा रही थी। उसके शरीर पर केवल धोती थी। किशन का मन कुलबुला उठा। उसके हटते ही सन्नाटा छा गया। किशन से उसके बाद सोमोती ने क्या कहा, यह उसके भीतर घुसा नहीं। उसे लगा वह व्याकुल हो गया था। सहसा बोला: 'भाभी! अब मदन का रिश्ता कर दूं तो फिर छुट्टी पाऊं। इस दुनिया में कुछ रखा नहीं।'

वह मुस्कराई। बोली: 'छोटी से कहूंगी।' फिर आत्मीयता जताकर कहा: 'उसका कुछ इलाज क्यों नहीं करवाते? घर में बालक बिना रौनक नहीं आती।'

यह कहते हुए उसने एक लम्बी सांस खींची।

किशन लौट गया।

दुपहर ढल गई थी। चमेली भीतर आई तो खाट पर लेटी सोमोती ने कहा: 'बाहर कौन आया है?'

'मदन है।'

'प्रैम कहां है?'

'ऊपर नाज फटक रही है।'

'मुंह मीठा कराओ तो एक बात कहूं।'

'कहो तो!' उसने आतुरता से कहा।'

'तुम्हारे मन की होगी सायद।'

'कैसे?'

'किशन लाला कहते थे—मदन का सम्बन्ध कर दूं।'

एक लम्बी सांस लेकर उसने कहा: 'मगर प्रैम से करेंगे यह उनने कब कही? मदन को तो गठरी वाले मिलेंगे। हमारे पास क्या है भाभी! तुमसे क्या छिपा है। तुम कहोगी अपने मरद की बुराई करती है, लेकिन इनसे तो कुछ होता नहीं। और वह है कि बैल-सी बढ़ी जाती है। अभी न हुई कुछ बात तय, तो आगे वह लड़की-सी भी नहीं लगेगी; मैं तो कहूं कोई बाल-बच्चेदार दूजा ही मिल जाए। अपने ऊपर से तो ज़िम्मेदारी हटे। मैं तो आंख रखते थक

गई। ऐसी छुटैल का क्या ठिकाना। और इनका हाल यह है कि बैठना, खाना, सोना! भैया का घर क्या मेरा मायका नहीं?'

सोमोती का मन हल्का हुआ। कृतज्ञ भी। बोझ-सा था मन पर कि लूटे जा रही है। मगर ज़्यादा टिकाव भी ठीक नहीं लड़की का मायके में। जो हो, रुपये तो रूप से ही मांगे जाएंगे, प्रेम की शादी को। यही चमेली आंचल पसार देगी रूप के पांवों में। करना ही पड़ेगा। सोमोती खूब समझ रही थी। सोचा, क्यों न सचमुच मदन से पक्की हो जाए प्रेम की? लेन-देन भी शायद कम हो जाए मेल-मुरब्बत में। अब तो रामलाल भी नहीं। मदन तो चक्कर खा ही रहा है। लड़की भी अटकी-सी लगती है उससे। और जावित्री को तो ज़्यादा देर नहीं लगेगी बना लेने में। रही बात किशन की। सो वे रूप के इतने मित्र हैं। ऐसे क्या पैसे का नाम आते ही बिल्कुल आंखें फेर लेंगे? चौबीस घण्टे का उठना-बैठना।

सोमोती ने बात टाली: 'अभी तो साल-भर कुछ होगा नहीं।'

उसका इशारा रामलाल की मौत की तरफ था।

'साल क्या!' चमेली ने कहा: 'हम दो बरस कैसे भी हो, लड़की को अपना पेट काट के रख लेंगे, मगर वे बात तो पक्की कर दें। अरे गोद भरने की कौन कहता है, वे तो हां कर दें। मेरी तो दिलजमई हो जाएगी। अंधेरा झेलने को भी तो आते दिन की आसा चाहिए भाभी। वैसे ही कोई कब तक दीपक जलाके अपना तेल खतम करता बैठा रहे। गधे के कान में फूंक मारने से कुछ नहीं होता। यों आजकल लड़का खोजना ऐसा समझो जैसे पोले बांस में पानी डालना, इधर डाला, उधर निकल गया।

सोमोती ने कहा: 'देखो ननदजी! तुम कहो न किशन लाला से।'

'कहूं कैसे?' वह बोली: 'वहां तो जावित्री है भाभी! मर्द का दिल पिघलै, औरत का नहीं। यों कहैगी—इत्ते सिक्के में दो, इत्ते उसमें। बात तो फिर ब्यौहार से चलैगी। उस बखत तो मैं समधिन बन जाऊंगी।'

सोमोती ने जावित्री की बात में सार देखा। फिर कहा: 'तुम ठीक कहती हो ननदजी? यही बात है।' फिर सोचकर कहा: 'तुम चाहो तो एक काम हो

सकै।'

'कैसा?'

'तुम बात करो उससे, मैं जावित्री को किसी बहाने बुला लूंगी और तुम्हें फुर्सत मिल जाएगी। अकेले में पैर पकड़ के रोना उसके। शायद मान जाए। एक बात ज़रूर है। जो किशन लाला कह देंगे, उसे मदन की मजाल नहीं कि टाल जाए। तुमने प्रेम दिखा तो दी है जावित्री को?'

'हां। सो तो प्रेम भी समझदार है। बड़ी इज़्ज़त करी है उसकी। उसने पानी मांगा तो भाग के लोटा मांजके लाई।' उसने कहा: 'बाद में तो जावित्री उससे खुश हो गई। मुझसे पूछने लगी—इसके हाथ पीले क्यों नहीं किए? मैंने कहा: लोग तो रुपये बहुत मांगते हैं। तो बोली...'

'क्या बोली?' उसने अधीरता से कहा।

'बोली: हां भैना, जमाना ही ऐसा है।'

'बड़ी चालाक है वो!'

'ऐसी आंख रखै मदन पै, जब वो इधर आवै!' उसने विक्षोभ से कहा: 'क्या बताऊं, कल तो मेरे तन-बदन में आग लग गई। पर क्या करूं? स्वारथ है। मतलब पै आदमी गधे को बाप बनावै। लहू का घूंट पीके रह गई।

'क्यों, क्यों?' सोमोती ने कौतूहल से पूछा।

'एक बार हो जाए ब्याह,' चमेली ने कहा: 'फिर तो लड़की इसे उंगलियों पै नचा देगी। खसम को ले अलग न हो गई तो देख लेना। ये रानी बनके चाहे रोटियां तोड़ना! वो तो इससे झाड़ू लगवाने का हौंसला रखे! पर घुसै तो किसी विधि। तब देखूंगी इसको जो याद न दिलाऊं कि इसने भी क्या कहा था।'

सोमोती ने पूछा: 'क्या कहा था सुसरी ने?'

'अरी भाभी! कल मैंने इसे छत पै देख वैसे ही पूछ लिया—भाभी! मदन कहां गए? बोली: कल तो गए ही थे तुम्हारे यहां? ऐसी बोली बोली उसने, कि मैं तो बस झुलस के रह गई। संझा को मैं छत पै गई तो मैंने सोचा—चलो मिल आऊं। मदन रोटी खा रहे थे। ये परोस रही थी। कह

रही थी—जानती हो क्या कह रही थी?'

'क्या कह रही थी?' सोमोती ने सुनने के पहले ही कल्पना की कि कुछ बुरी बात होगी। झट जोड़ दिया: 'मैं तो जानूं ये बड़ी काली है दिल की। दूध-पूत तो इसे किसीके घर फूटी आंखों नहीं सुहाते!'

चमेली ने आंखें तरेरके कहा: 'भाभी हाय! ये कह रही थी: लाला, तुम्हें तो आज मीठी मैया पूछ रही थी!'

सोमोती जल उठी: 'मीठी मैया। तुम्हें कहा! इसके मुंह में कीड़े पड़ेंगे, कीड़े, मैं जानूं बड़ी चालाक है। घर में दूसरी औरत न आने देगी यह। देवर को देख कै भी वैसे ही चलै, बतरावै, जैसे कोई अपने खसम से भी न करै।'

'तो भाभी!' चमेली ने कहा: 'बुरा न मानना, बुरी बात कहती हूं। दुनिया का नेम है। एक खूंटे से चार बैल बंधे, पर बिजार नहीं बंधे। ब्याह के पहले मर्द बिजार होवै। जब तक गिरस्ती का जूआ कंधों पर न आवै तब तक वो अपने को आज़ाद समझै। यह तो लाला की जिन्दगी बिगाड़ देगी। बामन-बनिया की जात में देवर का काम भाभी से चलता होय तो न चलै! कुछ भी हो मैं तो यही सम्बन्ध चाहूं।'

सोमोती ने कहा: 'देखो ननद जी! आज तक नहीं कहा, अब कहूंगी। इसका घमंड तोडूंगी। यह बड़ी चमको बनी फिरती है बांझ! घर में द्यौरानी आवै, बच्चे हों उसके, तब इसकी कदर घटैगी। ये सोचती होगी कि द्यौरानी से पांव धुलवाऊंगी। प्रेम से इसके हाथों झाड़ू न लगवाई तो कहना। क्या कहा था। मीठी मैया!! आज ही तुम्हारे भैया से भी बात करूंगी।'

सोमोती ने रूप से कहा: 'अब कुछ बहन के सुख-दुःख की भी सोचोगे कि बिहारी ही को तारके रहोगे? कित्ते हज़ार गए?'

रूप चौंका। बोला: 'क्यों?'

'प्रेम का ब्याह करो। मेहमान (दमाद) तो खाऊ महाराज हैं। बस पतलून क्या पहन ली, समझ लिया, राज जीत लिया।'

'कर दो तय,' उसने कहा: 'ब्याह हम करेंगे।'

'गठरी चाहिए।'

'दस हज़ार!' रूप ने कहा: 'देंगे!'

वह अवाक् रह गई। स्वर धीमा कर दिया कि कहीं चमेली सुन न ले। कहा: 'कहां से आते हैं?'

'पुराने धरे हैं अभी।' यह कहते हुए उसके चेहरे पर स्याही-सी आ गई।

'तो, मैं किशन लाला से पूछूं?'

रूप को झटका लगा। उसके वे ही रुपये जाएं किशन के पास! नामुमकिन! सोमोती कहती रही: 'पड़ोस की बात है, लड़की सामने रहेगी। जावित्री के तो कोई हुआ ही नहीं; लड़की की, भगवान ने चाहा, गोद भरी कि एकदम घर की मालकिन बन जाएगी; जावित्री क्या कर सकै। रोज की उठक-बैठक, लाला भी मुंह नहीं फाड़ पाएंगे।'

किन्तु रूप ने सोचा। किशन जानता है कि रुपया शिवलाल के पास नहीं, रूप के पास है। उससे यह कैसे छिपेगा कि रूप के पास कुछ नहीं। उसने कहा: 'अजी वो एक लुच्चा है। नया मालिक हुआ है। वो न मानैगा।'

सोमोती को यह सब क्या पता था। बोली: 'मान लेंगे।'

'कैसे?' वह चौंका।

'अभी तक भैया थे बड़े। अब घर में अकेले मदन और जावित्री का रहना उन्हें क्या पसन्द आएगा?'

जावित्री की तीखी आंखें रूप के सामने डोल गईं। जेठ बना था, कभी देखा नहीं था अच्छी तरह, मगर उन आंखों की झलक पाई थी, जावित्री ने दिखाई थी। समधिन बनैगी तो नया रिश्ता कायम होगा। मज़ाक भी होंगे। बोला: 'है ठीक! मगर पैसे की माया पैसे में है।'

चमेली की पगचाप सुनाई दी। आवाज़ आई: 'भइया!'

'क्या है!' उसने कहा।

'ये पंडितजी आए हैं।'

आंगन में देखा। एक ब्राह्मण तिलक लगाए बैठा था। उसके मुख पर चमक थी, ऐसी कि रूप दब गया।

चमेली ने कहा: 'प्रैम की पत्री दिखाई। कहते हैं साल-भर में ब्याह हो जाएगा।'

वह हर्ष से उमग रही थी।

जावित्री छत पर थी। धीरे से फुसफुसाई: 'क्या है जेठी!'

'आओ!' सोमोती ने कहा: 'बड़े पंडित हैं। तुम भी दिखा लो हाथ।'

जावित्री तुरन्त उतर आई। सोमोती ने धीरे से चमेली से कहा: 'बाहर से जा और किशन लाला से बतरा के पत्री ले आ मदन की। इस बखत यह यहीं रहेगी। मदन भी बाहर गया है अभी यहीं से।'

चमेली चुपचाप चली गई। जावित्री, प्रैम और सोमोती के साथ रूप पंडित के सामने बैठा रहा। प्रैम मुंह खोले, दोनों औरतें मुंह अधखुले ढंके। रूप आगे था एक किनारे। पंडित देखने लगा।

जब ज्योतिषी आता है तब लोगों में उत्सुकता एक नया रंग ले आती है। तरह-तरह के सवाल होते हैं। पंडित जब हिसाब लगाता है, तब भी लोगों को देर का ध्यान नहीं रहता।

चमेली को द्वार खुला मिला। भीतर जाकर देखा, किशन नीचे नहीं था। सोचा ऊपर होंगे। ऊपर चढ़ गई। किशन वहीं था।

चमेली को डर था। कहीं ज़ोर से बोलने की आहट नीचे उधर आंगन में बैठी जावित्री को न मिल जाए।

किशन ने खाट पर बैठे-बैठे पूछा: 'कैसे आई चमेली?'

चमेली हठात् नहीं कह सकी। भूमिका सोचने लगी। बोली: 'भाभी कहां है?'

'अभी तो नीचे गई है। वहां तू भी तो खड़ी थी?'

वह पकड़ी गई। चेहरा शर्म से लाल हो गया। किशन ने कहा: 'अब बता।' यह कह उसने हाथ पकड़के खाट की ओर खींचते हुए कहा: 'अकेले में कुछ कहना है, जो जावित्री के सामने नहीं कहना था? बैठ जा और बता, 'क्या बात है!'

वह इस ढंग से बात के शुरू होने से प्रसन्न हुई। बैठ गई। उसे यह ध्यान

नहीं रहा कि वह एक खाट पर बैठ गई थी।

बोली: 'एक बात कहनी है।'

'बोल। जो चाहे सो कह।'

'मान जाओगे?'

'बात तो बता!'

'मदन का प्रेम से संबंध कर दो।'

उसे यह आशा नहीं थी। भौंहें जुड़ गईं। बोला: 'ऐसे कैसे कह दूं?' वह उठा और उसने मोखे से झांक के देखा। नीचे सब तन्मय बैठे थे। मुड़कर बोला: 'बात...'

उसकी ऊंची आवाज़ सुनकर चमेली ने धीरे से टोका: 'हाय! ऐसे न बोलो, भाभी को पता चल जाएगा मैं यहां हूं। धीरे बोलो!'

किशन वहीं जा बैठा और बोला: 'मदन की शादी में तो काफी रुपया लगेगा। मेरे पास क्या है? ऐसा कोई मिले जो मेरा भी खर्च झेल ले।'

चमेली का मुंह सूख गया। बोली: 'मैं तो बड़ी आशा से आई थी कि डूबते को तिनके का सहारा मिलेगा।'

उसकी आंखों में आंसू भर आए। किशन ने उसके आंसू पोंछकर कहा: 'हिरास क्यों होती है? मैं क्या मना करता हूं? तू ही बता, मैं क्या धन का भूखा हूं! मदन निखट्टू है, उसका घर बस जाए, यही क्या कम अहसान है? फिर तुम भी घर के हो! बहू आएगी तो शायद घर में बालक भी हो। एक जीने का सहारा हो जाए। मगर जाविली तो नहीं मानेगी। मेरी तरफ से बरात का खर्च झेल लो, मुझे कौड़ी न दो। उल्टे हज़ार-आठ सौ का बहू को गहना चढ़ा दूंगा। मैं क्या जानता नहीं कि वहां जो कुछ भी खर्च होगा रूप का होगा। रूप और मैं क्या अलग हैं? उसका खरच कराके क्या मेरी आत्मा को सांति मिलैगी?'

यह कहते हुए उसने चमेली का हाथ पकड़ लिया। चमेली की आशा लहलहा उठी। उसने कहा: 'तुमने मरते को जिला दिया। पक्का वचन है! फिर मदन की पत्नी दे दो।'

'अभी दिखाएगी पंडित को?'

'हां।'

'जावित्री न पूछेगी कि तुम पै कहां से आ गई। पहले बात कायदे से छिड़ने दो। फिर पक्की होगी।'

'वो क्या तुम्हारी बात काट लेगी?'

'पर ये तो कहेगी कि तुम्हें कैसे मिली?'

'कह दूंगी ले आई।'

'कब? जब वो न थी! सोचेगी नहीं कुछ और! मन में तो सोचेगी ही। बदनामी बुरी, बदी अच्छी। है न?"

चमेली को तब ध्यान आया; वह अकेली छिपके आई थी। बगल के घर में पति था, आंगन में भाभी, भाई, ननद थी, और किशन की बहू थी। वह वहां इकली खाट पर हाथ में हाथ दिए बैठी थी। एकदम शर्म से उठी और बोली: 'ठीक है।'

किशन ने उसे बिठाकर कहा: 'सुन तो सही, चली जाइयो। ऐसा भी क्या मतलबीपन कि बात पूरी होते ही चल दी। हमने तेरी बात मान ली तो चल पड़ी?'

उसे मुरव्वत में बैठना पड़ा। परन्तु बोलती क्या? किशन की आंखें अब सुलगने लगी थीं।

घबराकर बोली: 'कोई देख न ले?'

'कौन आता है?' किशन ने कहा और तब उसका हाथ उसके हाथ पर कस गया।

वह बोली: 'छोड़ ...'

किशन ने कहा: 'धीरे बोल, कोई सुन लेगा तो कहीं की न रहेगी। तू आई है, मैं नहीं गया...'

कुछ देर बाद चमेली जब चलने लगी तो किशन ने कहा: 'बात चला दे। पक्की समझ।'

चमेली का चेहरा सूख-सा गया था। उसकी इच्छा हो रही थी कि

आज मायके में ही घूंघट काढ़ ले। वह घर गई तो सीधी रसोई में घुस गई। उस समय जावित्री, प्रेम और सोमोती बतरा रही थीं। सोमोती ने जावित्री को बातों में लगा रखा था। प्रेम उसका हर हुकम उठा रही थी। जावित्री भी उसकी दासता का आनन्द ले रही थी। आंगन में अकेला रूप पण्डित के आगे बैठा था।

पंडित ने पत्री पर से निगाह उठाकर कहा। 'समय तेरा ठीक ही है।'

उस स्वर में एक अविश्वास था। रूप डर गया। बोला: 'क्यों महाराज! साफ-साफ बताओ। दच्छिना की चिन्ता मत करो। बुरा हो तो बुरा कहो।'

पंडित ने फिर कहा: 'पाप से बच। बामन की बात याद रखना। मैं लोभी नहीं। आदमी को ग्रह नहीं डुबाते, भाग्य नहीं डुबाता, डुबाते हैं उसके पाप। समझा? पैसा कमाने की बात और है, मैं भी सेठों की मोटरों में घूमता। लेकिन गुरु ने कहा था—कि बेटा! ज्योतिष से सिर्फ पेट भरना, नाजायज रुपया न कमाना। यह विद्या ऋषियों-मुनियों की है। इसमें त्रिकाल का ज्ञान मिलता है। अपना धरम ब्राह्मण ने छोड़ दिया, इसीलिए उनकी बात भी नहीं फलती। आदमी के हाथों में परमात्मा ने भाग्य लिखा है कि रोज वो अपनी आंखों से अपनी हथेलियां देख सके। इसलिए उसे विवेक दिया है; वही अच्छे-बुरे की परख करता है। तेरे संतान-योग पड़ता है, मगर तेरे बच्चे जनम लेकर मर जाते हैं?'

रूप का मन जैसे कीड़ा बन गया, जो किसी छिपकली के मुंह में दबा छटपटाने लगा। बोला: 'हां महाराज!'

'तो पाप छोड़ दे। जो धन पाप से कमाया है, उसे दुनिया के लिए, धरम के लिए खरच कर!' पंडित के स्वर ने रूप की कल्पना को भी आतंकित कर दिया। उस समय ठाकुर के पचास हज़ार शेषनाग की तरह खड़े हो गए और अपने हज़ारों सिरों से विष उगलने लगे। सारी पृथ्वी श्मशान की तरह जल उठी, जिसमें उसके बच्चों की लाशें दीखने लगीं और एक-एक पाप याद आने लगा और तब उसने जो नरकयातना के चित्र देखे थे, वे उसके सामने आने लगे, अब उसे यमदूत आरों से काट रहे थे, अब वह जलते तेल के कढ़ावों में पकाया जा रहा है; अब उसे भालों से गोदा जा रहा है...

एकदम देही से पसीना चुचा आया और आंखों के नीचे अंधेरा छा गया। रूप बेहोश हो गया। घर में कोलाहल मच उठा। किन्तु सोमोती नहीं उठ सकी। उसके दर्द चलने लगे थे। चमेली को भैया की सेवा, भाभी की सेवा, पति को चकानचक्क भोजन देने की चिन्ता, प्रैम का ब्याह ऐसे नीच घर में कराए या नहीं यह चिन्ता, और एक अपनी ग्लानि, वह कुछ भी सोच नहीं पाई। पर फिर ध्यान आया—प्रैम का तो आदमी संग रहेगा मदन। फिर आगे प्रैम जाने। मैं कहां-कहां क्या करूंगी? और बनिया-बामनों में इसका क्या दोस। बहुतों में चलता है। फिर ध्यान आया! अब लौटने से भी क्या लाभ? अब तो जो होना था सो हो लिया। जब मर्द ही काबिल नहीं, और उसे ही इन्तजाम करना था, तो वह क्या करे! जैसा जो हुआ, सो हुआ। यह ब्याह हो जाए, फिर तो समधाना कायम होने पर वह इधर आएगी भी क्यों?

दाई ने लड़का बताया। सोमोती को लेटे-लेटे ही गर्व हुआ और नखरे बढ़ गए। जाविल्ली के मन में शूल-सा चुभ गया। नवागंतुक 'क्कां-क्कां' करके पृथ्वी पर अपनी सत्ता का उद्घोष करने लगा, जिसे सुन-सुनकर मां का लहू दूध बनने लगा। मंगल हारी ने बाहर बैलों के सींग गेरू से चिपड़े और गंडा चढ़ाया और इनाम की आशा में एक गीत भी गुनगुनाया। शिवलाल ने सुना तो मस्त होकर पैर फैला दिए, कि अभी कुछ दिन और चकानचक्क उड़ेगी। प्रैम तो सोमोती की सेवा में ही जुट गई। नया बालक देखकर उसे एक आश्चर्यजनक आनन्द हो रहा था—ऐसा जो वह समझ नहीं पा रही थी।

केवल रूप था जो ऊपर खाट पर अंधेरे में उदास बैठा था।

नीचे से जाविल्ली ने आवाज़ दी: 'हाय बच्चे को तो दिखा दो उसके बाप को!'

उस स्वर में एक विष था। सोमोती ने झट बच्चे को छाती से लगाकर कहा: 'अभी से!'

जाविल्ली ने सबको व्यस्त देखा। आज उसे बहाना था रात में यहीं रहने का। अन्धकार में ऊपर चढ़ गई। रूप बैठा था, हाथों पर सिर धरकर कोठे में।

किवाड़ अधभिड़ा था। जाविली धीरे से घुसी तो उसने माचिस जलाकर बीड़ी सुलगाते हुए कहा: 'कौन?'

माचिस की तीली की चमक में बदरी वाली कौंधनी जाविली की धोती पर झलमल कर उठी। आज उसने उसे चाव से पहना था। वह झलमल एक क्षण हुई किन्तु दरवाज़े के खुले भाग में से उसे आंगन के पार छत पर खाट पर उठंगे किशन की तेज़ आंखों ने देखा। और कौंधनी!! किसकी होगी! प्रेम के पास नहीं, चमेली के पास नहीं। सोमोती नहीं हो सकती! फिर!

पुरुष कितना भी घृणित क्यों न हो, फिर भी वह अपनी स्त्री से एक उच्च आदर्श की आशा करता है। प्रतिहिंसा से व्याकुल-सा वह उठ खड़ा हुआ। आज तक रूप के विरुद्ध जो घुटन थी वह साकार हो गई। वह अंधेरे में ही मुंडेर पर चढ़ गया।

रूप जाविली को देखकर चौंक उठा।

'तू!' उसने कहा।

जाविली ने फूत्कार किया: 'डर गए?'

वह रूप की खाट पर जा बैठी। रूप को लगा कि पाप फिर आ गया था, अपनी बांहें खोलकर। उसने सरककर कहा: 'क्यों आई?'

वह सरकी। रूप का हाथ कौंधनी से लगा, वह उसे हटाना चाहता था।

'ठोस सोने की है।' उसने कहा। 'तुम ले लो।'

उसके स्वर में एक भयानकता थी।

रूप के हाथों में कौंधनी झूल उठी। कितना सोना होगा?

जाविली ने कहा: 'वही है जो बिहारी ने चुरा के हमारे नौहरे में छिपाई थी।'

तो बिहारी सचमुच चोर था! रूप ने सोचा। फिर सब ही तो पापी हैं। पंडित बकता था। इस तरह डराकर दो रुपये ज़्यादा ले गया। रामलाल जैसे अच्छे आदमी योंही मर जाते हैं। लेकिन अब तक तो बिहारी को भी अच्छा

समझा था। समझने को तो दुनिया उसे और किशन को भी भला समझती है। सब गन्दे हैं, अगर रोज़ ऊपर से न नहाया जाए तो कोई पास भी नहीं बैठाया जा सकता।

जावित्री ने उसका हाथ पकड़ लिया। रूप का संयम टूट गया।

किशन जब पहुंचा द्वार बन्द था। उसका शरीर क्रोध से फटने लगा। सारा शरीर पसीने से भीग गया।

जावित्री निकलकर बाहर चली। नीचे से कोई लालटेन लेकर आता लगा। जावित्री सर्र से उतर गई। किशन डौरी की ओट में हो गया। लालटेन लेकर प्रेम आई थी। उसने कोठे पर जाकर रूप से कहा: 'चलो नीचे। भाभी बुलाती हैं बच्चा दिखाने। एक झलक देख तो लो!'

वह हंसी। रूप ने कहा: 'चलो।'

किशन ने दांत पीसे।

जब रूप और प्रेम नीचे चले गए, उसने कोठे में घुसकर देखा। कौंधनी अभी तक खाट पर धरी थी। उसने उठाकर जेब में रख ली।

नीचे रूप का रंग उड़ा हुआ था। ज्योंही चमेली ने उसके हाथ पर बच्चा रखा, बच्चे की गरदन हिल गई।

दाई चिल्लाई: 'अरे सम्भाल के।'

रूप का हाथ कांप गया। पाप का आतंक पहले ही था। दाई ने चीत्कार किया: 'हाय बेहोश हो गया बच्चा!'

चमेली ने बच्चा छीन लिया। सोमोती खाट पर बैठ गई। रूप दोनों हाथों से मुंह छिपाए ऊपर भागा। पाप! क्या उसका पाप इत्ता बढ़ गया था। कोलाहल सुनकर शिवलाल भी जाग गया और भीतर भाग चला। उसने समझा चोर है। रूप को ऊपर जाते देख वह समझा कि वह भागा जा रहा है। स्त्रियां बच्चे को होश में लाने में लगी थीं। किसीको भी बाहर का ध्यान नहीं था। आहट पाकर किशन सन्नद्ध हो गया। अंधेरे में उसका हाथ किसी चीज़ से टकराया। चाकू था, उसने उसे कांपते हाथ से उठा लिया।

सहसा अंधेरे में रूप भयानक स्वर से चिल्लाया। पीछे आता शिवलाल टूटकर उसपर गिरा। उसने उसे ज़ोर से दबाया, मानो चोर को पकड़ लिया हो। उस धक्के से दोनों गिरे और किशन बाहर निकल गया। यह लोमहर्षक स्वर सुनकर स्त्रियां नीचे चिल्लाने लगीं। प्रेम सबसे पहले लालटैन लेकर ऊपर भागी। पीछे से चमेली भी। डगमगाते पांवों से सोमोती भी चल दी। दाई रोकती ही रह गई पर वह नहीं मानी। जब वह ऊपर हाथों से सिड्डियां पकड़ती चढ़कर कोठे में पहुंची, उसने देखा, प्रेम और चमेली के नयन फट गए थे।

'स्साला...' कहकर शिवलाल उठ खड़ा हुआ। सोमोती आगे बढ़ी और ज्योंही उसने लालटैन आगे की कि रोशनी खून पर पड़ी। उसने देखा और एक अजीब स्वर उसके मुंह से निकला। हत्यारे...

रूप मर चुका था। चाकू खून में भीगा पड़ा था। सीने में जख्म लगा था।

वह बेहोश होकर गिर पड़ी। चमेली चिल्लाई: 'भइया...'

प्रेम को लगा अंधेरा छा गया था। शिवलाल वहीं पर सिर थामकर बैठ गया।

खून की लीक बहने लगी थी।

'सुनते हो!' जावित्री ने किशन को हिलाते हुए कहा: 'जेठजी का कतल हो गया।'

'ऐं!' किशन ने ऐसे कहा, जैसे वह इस पृथ्वी पर नहीं था।

जावित्री समझी कि नींद टूटी नहीं। उसे क्या पता था कि उसका पति उसका पाप जानता था। उसने फिर कहा: 'जेठ जी का कतल हो गया। बहनोई ने उन्हें मार डाला...'

किशनलाल की समझ में नहीं आया। बोला: 'ऐ...किसने किसे मार डाला...'

उसका स्वर शराबी की तरह खिंचा-खिंचा था।

'अरे शिवलाल ने रूप को मार डाला', उसने आतुरता से कहा।

किशनलाल को जैसे बिजली छू गई। उठ बैठा और हाथ पकड़ कर

कहा: 'सच!'

'सुनते नहीं, हा-हा मच रही है।'

वह उठा। धीरे से। छत से झांका। रोंगटे खड़े हो गए।

'बहुत प्यारा दोस्त था!' जावित्री ने कहा—और वह रो पड़ी। उसके आंसुओं को देखकर किशन को पैशाचिक आह्लाद हुआ। बोला: 'मेरा तो हाथ कट गया। क्यों मारा उसने?'

'आग लगे उसमें!' जावित्री ने रोते हुए कहा।

'तू जा, भाभी के पास!' उसने कहा। 'मैं बाहर चलता हूं। अब उस घर का मेरे सिवाय है भी कौन?'

यह कहते समय उसकी आंखें जैसे ज़हर में डूब गईं।

जब किशन पहुंचा सारा मुहल्ला इकट्ठा था। पुलिस ने शिवलाल को पकड़ रखा था। लोग गालियां देते थे। जिसके जो मन में आ रहा था, बक रहा था।

'खास साले को मारा? क्या मिला इसे? आप बच जाएगा? रुपया नहीं था, तो चोरी करने चला था? सोचा था, कोई नहीं देखेगा? अरे वो ऊपर वाला तो देख रहा था?' 'अब अपनी भी रांड छोड़ेगा और क्या?' 'और बहन बैठी है घोड़ी-सी क्वारी।'

और चमेली मुंह ढंके रो रही थी। और सोमोती डकरा-डकरा के टूट रही थी: 'अरे बैरी! तुझे इसलिए दूध पिलाया था सपोंटे? तैने आग लगाके मुझे बरबाद कर दिया! तुझे दया न आई, तेरा खून पी लूं...' उसका वेष भयानक हो गया था। भयानक थी मुद्रा। फिर भी देखने वाले उसे देखकर दहल उठते थे। प्रैम एक कोने में बैठी सुबक उठती थी। शिवलाल के साथ कोई न था। वह चिल्लाताः 'मैंने खून नहीं किया...'

किशन ने जावित्री से कहा: 'चमेली और प्रैम को तू घर छोड़ के सोमोती के पास रह। मैं थाने जाता हूं। इनको देख-देख के सोमोती का गुस्सा बढ़ेगा।'

जावित्री ने कहा: 'चमेली, चल।'

'नहीं। मैं तो यहीं मरूंगी। मैं तो कहीं की नहीं रही।' वह रोती जाती थी, बोलती जाती थी।

'ल्हास तो थाने में जाएगी।'

न जाने कैसे सोमोती ने सुन लिया। फिर डकराई: 'हाय! अभागे! तू अच्छा जन्मा! आज ही बाप को खा गया? ठहर हत्यारे! अम्मा को तैने रांड बना दिया। आज तेरा गला घोंट के मानूंगी घर घालने।' वह भीतर भागी—'बाप की मिट्टी भी बिगड़वा दी। हाय वे बोटी-बोटी काट देंगे अस्पताल में...'

लोग चिल्लाए। 'पकड़ो, पकड़ो...'

पीछे दौड़े...आतंक से चमेली और प्रेम भी भागीं, जाविल्ली भी...

दाई बच्चे को लिए खड़ी थी।

'ला मुझे दे,' सोमोती चिल्लाई, 'इसका घोंट दूं गला...'

बूढ़ी दाई मुस्करा दी। उसने कहा। 'ले घोंट दे...'

लोग पुकारे... 'हां, हां, क्या करती है...'

परन्तु दाई हंस दी। उसने लालटैन के उजाले में बच्चे का मुंह करके कहा। 'भूखा है, दूध पिला दे...'

सोमोती ने बच्चे को पकड़ लिया। उसका मुख देखा। धार-धार आंसू आंखों से गिरने लगे। हत्या के लिए उठे हुए हाथों ने उस नन्हे बच्चे को छाती से चिपका लिया।

लोग चिल्लाए। 'जय माता की!'

बूढ़ी फिर मुस्करा दी। तूफान एक कली के हल्के स्पर्श से चुप हो गया था।

सोमोती छाती खोलकर सबके सामने दूध पिलाने लगी। फिर जैसे ध्यान आ गया। कहीं नज़र न लग जाए बच्चे को, झट पीठ फेर ली। और देखा। चमेली और प्रैम को देखा तो डर से चिल्ला उठी: 'निकाल दो, इन डायनों को निकाल दो, कहीं मेरे लाल को न खा जाएं...'

लोगों ने दोनों को बाहर कर दिया। अपमान और दुःख से वे रोने लगीं। जाविल्ली उन्हें अपने साथ ले आई।

थाने से लाश अस्पताल गई। शहर मदन साथ गया। कत्ल साफ था। पुलिस केस बना। किशन ने काफी दौड़-धूप दिखाई।

चमेली ने पूछा: 'कुछ हुआ?'

उसने कहा: 'देखो कोशिश में तो लगा ही हूं। रिश्वत मांगते हैं सब! जुटाऊंगा!' उसने गम्भीर स्वर से कहा।

और जब सोमोती के पास गया तो बोला: 'आगे का ध्यान करो। सब काम मैं कर लूंगा। रूप मेरा भाई था।' यह कह उसने आंखें पोंछ लीं—'पर इस बच्चे के लिए पत्थर कर लो हिया।'

'उन्हें मेरे घर में न लाना,' सोमोती ने चमेली और प्रैम के लिए कहा।

'नहीं आएंगी। बस!'

'प्रैम से मदन का सम्बन्ध न करना।'

'किस मुंह से करूंगा, ऐसे की बहन से? पर उनका करूं क्या?'

'निकाल दो। दर-दर की ठोकरें खाएंगी।'

'तुम्हें क्या मिलेगा? बदनामी किसकी होगी?'

'वो मेरे बच्चे को खा जाएंगी।' सोमोती ने रोते हुए कहा।

तरेही हुई। चमेली और प्रैम दोनों रोतीं, घर में छिपी रहतीं। जावित्री बड़ी मुश्किल में कुछ खिला पाती। मदन का इश्क हवा हो गया।

जब भीड़ चली गई तब किशन ने सोमोती से कहा: 'अब जो हुआ वो भाग्य का खेल था। सिवाय परमात्मा के कोई दोषी नहीं। तुम चाहो तो गवाही ढीली देके अपने नन्दोई को भले ही बचा लो, और तो उसे फांसी से बचा नहीं सकता।'

'किसलिए बचा लूं? इस बच्चे का गला कटवाने को?'

'फिर चक्की है, दुकान है, खेत हैं। देख लोगी?'

सोमोती ने पुरुष की तरह आंखें उठाकर कहा: 'खेत पर मंगल रहेगा, चक्की के लिए मुझे लाला मदन दे दो।'

'और दुकान?'

'दुकान पै मैं बैठूंगी।'

किशन को लगा वह पहाड़ से टकरा गया था। उस स्त्री के स्वर में अखण्ड

विश्वास था। बोली: 'लाला! अब मैं ही इसकी मां और मैं ही इसका बाप हूं। जैसा कुछ वो इसके लिए छोड़कर जाते, मैं वैसा ही छोड़कर जाऊंगी।' फिर कहा: 'मदन को दे दोगे? तुम्हारा सहारा रहे तो मैं दुनिया जीत लूंगी।'

'लोग हंसेंगे!' किशन ने कहा: 'सोच लो!'

'खाने को तो कोई न दे जाएगा?'

'तो मैं शहर जाऊंगा कल।'

'क्यों?'

'कोरट से कह दूं, शिवलाल छूट न जाए?'

'तुम्हें सौगन्ध है, दया न करना।'

'फिर चमेली और प्रैम का क्या होगा?'

'मुझे मतलब?'

किशन लौट आया। जावित्री ने पूछा: 'क्या कहती है?'

'तू जाकर समझा। चमेली! तू भी जा!'

'मैं जाऊं?' उसने कांपकर पूछा। भविष्य की भयानकता ने उसके आत्मसम्मान को तोड़ दिया था। फिर भी कहा: 'करने वाला कर गया, पर मैं मुंह दिखाने लायक नहीं रही। और मेरे गले में एक फांसी और छोड़ गया।' उसने किशनलाल के पांव पकड़कर रोते हुए कहा: 'इस अभागिन को अपने घर में जगह दे दो, मैं तो मर ही गई। तुम्हारे बर्तन मल-मलकर दिन काट दूंगी।'

किशनलाल ने कहा: 'पागल न बन! उससे लोग समझेंगे कि मैंने ही खून कराया था। कल मेरे साथ दोनों चलना और तुम्हारी शिवलाल से भेंट कराऊंगा। फिर तय करेंगे। तैने रोटी खा ली?'

जावित्री ने कहा: 'नहीं।'

'तो जा खा ले।' उसका अधिकारपूर्ण स्वर सुनकर वह रसोई में चली गई।

जावित्री ने कहा: 'सचमुच! लौटकर क्या इन्हें रखोगे? मदन लाला से प्रैम का ब्याह होगा?'

'जैसा तू कहै।' किशनलाल ने कहा।

'आग लगाओ।' उसने कहा: 'हमारा ही घर है? सारा गांव थूक रहा है। आलूबुखारा तक बुराई करै जो किसीके लेन-देन में नहीं।'

'तुझे कैसे पता?'

'बदरी तो कहै—हो न हो—तुम्हारा नाम लेके कहै—इसमें उसकी कोई चाल ज़रूर होगी।'

'स्साला!' किशनलाल ने कहा: 'खाल खिंचवा लूंगा उसकी। भूला नहीं हूं बेटे को! बखत आने दे!'

चमेली हाथ धोके आ गई।

'खा भी आई?' किशनलाल ने पूछा।

रोने लगी।

'अच्छा रो मत। तू जा इसे ले जा। पहले इसे बाहर टिका के बातें करके देख। कैसे भी हो, भले ही देर हो जाए, यह काम तो करना ही है।'

जाविली ने भी कहा: 'पर बहुत देर कैसे करूंगी मैं! लाला की कमीज़ में बटन टांकने हैं।'

'मैं टांक दूंगी!' प्रैम ने भीतर के कोठे से कहा।

जाविली चमेली को लेकर चली गई। किशनलाल ने दरवाज़ा बंद कर दिया। ऊपर प्रैम अकेली थी। जब चमेली नीचे उतरी तो उसे ध्यान आया। परन्तु यह बात अब गौण थी। शायद इसी नाते सम्बन्ध हो जाए। भविष्य बिल्कुल ही अंधेरा था।

प्रैम बटन टांकने लगी।

किशनलाल ने आकर कहा: 'मेरी में भी टांक देगी?'

प्रैम ने होने वाले सम्बन्ध की दूर की आशा में माथे पर घूंघट काढ़कर धीरे से कहा: 'दे दो।'

वह वहीं खाट पर लेट गया।

उसने कहा: 'तेरे भाई को सूझी क्या?'

अबोध-सी आंखें उठा के उसने कहा: 'मुझे तो भरोसा ही नहीं होता कि यह सब मैं सचमुच देख-सुन रही हूं। क्या था, क्या हो गया।'

'मदन तुझसे बोलता है?'

'नहीं।'

'नाराज़ है?'

'पता नहीं।'

'हत्यारे की बहन! नाम तो बुरा है ही।'

सूई प्रेम की उंगली में चुभ गई। खून आ गया। किशन ने झट उंगली दबाकर कहा: 'लग गई?'

'यहां नहीं, मन में लगी।' उसने कहा।

'कल चलेगी?' किशन ने बात टाली: 'भैया से मिल आना!'

'उससे क्या होगा?'

'मैं तो तुझे इसी घर में रखना चाहता हूं।'

उसने झुककर किशन के पांव छू लिए।

'लेकिन मदन गधा है, वह माने तब न!' किशनलाल ने कहा: 'जावित्री तो तुझसे खुश है?'

'लगती तो हैं।' उसने दबे स्वर से कहा।

'कितनी भोली है तू!'

इतने दिन बाद इतने स्नेह का स्वर सुनकर वह रोने लगी। किशनलाल ने उसका सिर अपने सीने में छिपा लिया।

'रो मत! तू बड़ी दुखियारी है,' उसने उसके सिर पर हाथ फिराते हुए कहा। वह नहीं जान पाई कि उसका मुंह खुल गया था। वह कहता रहा: 'कोई सहारा नहीं। क्यों री! तू यहां से जाएगी तो कहां रहेगी?'

'मुझे मत निकालो!' प्रेम ने उसको बाहों में पकड़कर कहा: 'कहीं ठौर नहीं है।'

किशन ने उसे भुजाओं में बांध लिया, कहा: 'डर मत? मैं तेरे साथ हूं।'

प्रेम का सिर उसके कंधे पर टिक गया। किशन के गर्म श्वास उसके कपोलों पर बज उठे। उसने आंखें मूंद लीं।

जब चमेली लौटी तब वह फफककर रो उठी। जावित्री के हज़ार कहने पर भी सोमोती तैयार नहीं हुई। लेकिन प्रेम ने एकांत में उसके कंधे पर हाथ

रखकर कहा: 'भाभी। रो मत! रोना तो ज़िंदगी भर है। पर भगवान ने चाहा तो सहारा लगा ही समझ!'

वह चौंकी। पूछा: 'कैसे?'

'यह घर तो है ही। मैं यहीं की बहू बनूंगी।'

उसने विस्मय से कहा: 'कैसे पता? जाविली नहीं मानेगी।'

'वह होती कौन है?' उसने दृढ़ता से कहा: 'जेठ जी ने मुझसे कहा है।'

कल तक की लड़की आज एक औरत की तरह बोल रही थी। चमेली ने देखा, प्रेम का रूप एक शस्त्र था।

धीरे से कहा: 'तेरा ही सहारा है।'

केस सेशन में चला गया। अब कोई आशा नहीं रही। किशनलाल ने सोमोती से कहा: 'दुकान पर बैठती हो। लोग क्या कहते हैं?'

सोमोती ने कहा: 'कहें। मैं नहीं झेंपती। सब कहते हैं—न करै, तो करै क्या?'

'गांवों में शोहरत हो गई है।'

'तो लाला, करूं भी क्या?'

'और इन दो को अब ज़हर तो दे दो।'

'किन्हें?'

'चमेली और प्रेम को!'

'मैं तो दोनों को मरा समझ चुकी। तुम्हें देना है दे दो।'

'मैं कैसे बज्जर बन जाऊं! मुझसे किसीको बर्बाद नहीं किया जाता। मैं तो परमात्मा को मानता हूं। वह आप दण्ड देता है।'

'किसकी कहते हो?' उसने चौंककर पूछा।

'तुम्हारी।'

'क्या?' स्वर में विष था।

'तुम्हारी खातिर सचाई छिपानी पड़ी। लेकिन अब मैं बेकसूरों को नहीं मार सकता।'

वह उत्सुकता से झुक गई। 'मेरी खातिर?'

'हां, तुम्हारी यानी तुम्हारे पति की खातिर। रूप की खातिर!

लेकिन जो मेरे साथ हुआ है उसका क्या इलाज है? मेरे घाव को कौन भरेगा?'

'मैं भरूंगी लाला? तुमने उन्हें कुछ रुपया दिया था क्या? आखिर पिटारे के बाहर बिल्ली आ ही गई?'

'तुम भी कहो। पर वो मेरे दिल का टुकड़ा मेरे दिल को काट फेंक गया।'

'क्या बकते हो?' वह चिल्ला उठी।

'होश में रहो!' उसने दृढ़ता से कहा: 'जानती हो शिवलाल ने रूप को क्यों मारा?'

'हत्यारा ठहरा।'

'बेकार बात मत करो। कोई किसीको यों ही नहीं मारता। खून आदमी गुस्से से पागल होकर करता है। बता दूं? जी कड़ा कर लो। जिसे देवता समझी हो, उसके बारे में ही सुनने को भी तैयार हो जाओ।'

वह आतंकित-सी उसका मुंह देख उठी।

उसने कहा: 'शिवलाल को शक हो गया था कि उस रात की हलचल में जब सब काम में लगे थे, रूप उसकी बहन प्रेम की इज़्ज़त लूट रहा था।'

"झूठ!' वह चिल्ला उठी: 'बिल्कुल झूठ! तुम ऐसा कहते हो? तुम्हें सरम नहीं आती? मरे पै दोस लगाते हो। तुम्हें कैसे पता?'

'मैं जानता था। मगर पूरी बात सुनने के लिए दिल थाम लो। बताऊं मुझे कैसे पता? रूप बिहारी के पीछे रुपया फूंक रहा था। मैंने रोका। आठ हज़ार खर्च किए उसने। कहां से आए?'

वह अवाक् रह गई। 'यह झूठ है।' फिर भी कहा।

'ठीक है, यह भी झूठ है। पर वह माल कहां से आया? क्या वह इसी हैसियत का आदमी था? बिहारी के गहने रखता था वह चोरी के। दरोगा अब भी शक करता है।'

वह डर गई। टुकुर-टुकुर देखती रही।

उसने फिर कहा: 'शिवलाल का शक गलत था, लेकिन उसने उसके पास

अंधेरे में एक औरत जाते ज़रूर देखी थी।'

'कौन-सी औरत!' उसका स्वर कांप गया।

'अब यह मुझसे मत पूछो।' 'किशनलाल ने कहा: 'बहुत-सी बातें कही नहीं जा सकतीं, उन्हें लेकर मन में घुटते रहना पड़ता है। क्यों? क्योंकि उसमें अपनी इज़्ज़त जाती है और हाथ कुछ आता नहीं। ठीक जैसे तुम चमेली और प्रेम को मिटाना चाहती हो। तुम चाहती हो ये रंडियां बनकर कोठों पर बैठें? उससे तुम्हारी इज़्ज़त बढ़ेगी? मैं चाहता हूं कि गुनाह की सज़ा उसके करने वाले को मिले। औरों को नहीं। क्या जब रूप ने पाप किया था, तब तुम्हारा भी उसमें साझा था? मैं चाहता हूं कि प्रेम मदन से शादी करके घर में सुख से रहे। चमेली को तुम न रखो, वह रखे। मुझे क्या चाहिए। मदन संभाल ले। मैं तो सब छोड़कर जाना चाहता हूं। जिसने किया है वह सज़ा पाता रहेगा। मैं कौन हूं। दण्ड तो ऊपर वाला देता रहेगा। पर देगा ज़रूर। पाप छिपता नहीं।'

'पर वह औरत कौन थी?' सोमोती ने फिर पूछा। उसका मन डावांडोल हो रहा था।

'मुझसे ही पूछोगी! मैं ही कहूं वह बात जो कहने लायक कोई नहीं होता!'

'मैं तुम्हारे पांव पड़ती हूं। बता दो! अगर शिवलाल ने अपनी बहन की इज़्ज़त के लिए हाथ उठाया तो वह दोसी नहीं था। पर वह थी कौन?'

'क्या करोगी जानकर? तुम बदला लोगी? मैं तो नहीं लेता। बिगड़ा तुम्हारा नहीं। उसमें तो जो है सो मेरी इज़्ज़त जाती है। मेरा दोस्त मेरी इज़्ज़त लूटे तो मैं क्या करूं?'

'क्या मतलब! जावित्री थी!' वह हठात् कह उठी।

'मत कहो, मत कहो,' उसने हाथों में मुंह छिपाकर कहा: 'कभी नहीं कहता, मगर बेकसूर की ज़िन्दगी मुझसे बरबाद होते नहीं देखी जाती।'

उसका गला आंसुओं से रुंध गया।

सोमोती उसे ऐसे देखती रही जैसे कोई महान् व्यक्ति सामने था। वह पति के विश्वासघात और पाप के कारण अपने विश्वास की इमारत के गिरते

ही, उसके दोष का अपराधी अपने को समझ रही थी, क्योंकि जावित्री उसीके कारण आती थी।

किशनलाल ने आंसू पोंछकर कहा: 'भले घरों में ऐसा कहां होता है भाभी! मैं जावित्री को तुम्हारे बल पर भेजता था। पर रूप ऐसा होगा इसकी किसे आशा थी!'

सोमोती ने कहा: 'हो सकता है यह झूठ हो। तुम्हें अपनी बहू पर ऐसा दोस लगाते सरम नहीं आती? और वह भी अकारन? तुम्हारे पास कोई सबूत है?'

किशनलाल ने कहा: 'दे दूंगा तो?'

'तो मैं मान जाऊंगी।'

'क्या?'

'कि तुम ठीक कहते हो।'

'उससे क्या फरक पड़ता है? कहो—चमेली मेरे घर रहेगी।'

'रहेगी।' उसने अकपकाकर कहा।

'बाकी मैं सम्भाल लूंगा। तुम्हें दुकान पर नहीं जाने दूंगा, चक्की संभलेगी, खेत संभलेगा, तुम्हारा बच्चा चट्टान-सा खड़ा कर दूंगा, लेकिन तुमको कहना पड़ेगा कि लाला! यह सब हुआ मेरे लिए, पर तेरे लिए मैं कुछ नहीं कर पाई। कहोगी?'

'कहूंगी।'

'तो चलो। उठो। मेरे पीछे घर आओ, मेरे घर।'

'क्यों?'

'मैं कहता हूं। मैं भीतर रहूंगा। तुम बाहर से सुनना।'

वह आगे चला। पीछे-पीछे चली सोमोती। उस समय आंगन में चमेली कपड़े धो रही थी। प्रेम उन्हें खंगार रही थी। किशन छत से पहुंचा। चमेली और प्रेम उन्हें नहीं देख पाईं। जावित्री कोठे में लेटी था।

किशन ने प्रवेश किया। वह उठ बैठी।

किशन बैठा। बीड़ी सुलगाई।

'कहां गए थे?' उसने पूछा।

‘कहीं नहीं। यहीं गाम में था। दरोगा कहता था कि शिवलाल ने बयान दिया है।’

‘क्या?’

‘कि मैं समझकर गया था कि रूप ने मेरी बहन प्रेम को फुसला लिया था।’

‘प्रेम को!!’ वह कांप उठी।

‘इसीसे उसने वहां जाकर खून कर दिया।’

जावित्री ने लम्बी सांस ली।

‘लेकिन,’ उसने फिर कहा: ‘शिवलाल ने एक गहना पुलिस को दिया है कि जिस औरत का यह है, वही उसके पास थी। खोज की जाए। वकील कहता है कि वह शायद उससे छुट जाए—गुस्से में बहन की इज़्ज़त बचाने को खून करके खूनी छूट सकता है। पुलिस आने वाली है। अब अगर किसीने पहचान ली कि वह कौंधनी तेरी है, तो तू तो बदनाम हो ही गई, पकड़ी भी जाएगी।’

जावित्री के मुंह से निकला: ‘मेरी कोई कैसे कह देगा? तुम्हारे सिवाय कौन जानता है कि वह मेरी है। उसमें तो बिहारी फंसेगा।’

कहने को तो कह गई, पर फिर ध्यान आया तो घुटनों में मुंह छिपा लिया, जैसे धरती फटे तो उसमें समा जाए।

बाहर पगचाप सुनाई दी, जैसे कोई भागा। किशनलाल उठकर भाग चला। सोमोती भागकर अपने घर आ गई थी। उसका हृदय फटा जा रहा था। वह खाट पर सिर रखकर फूट-फूटकर रो रही थी। अपमान, घृणा, लज्जा से उसका सिर फट रहा था।

किशनलाल आकर खाट पर बैठ गया। अपने सिर पर हाथ फिराकर कहा: ‘रोती क्यों है भाभी। सुन लिया?’

‘सुन लिया लाला! इससे तो मौत अच्छी।’ फिर उसने उसके पांवों पर सिर रखकर कहा: ‘तुम मनुष्य नहीं देवता हो। इतना बड़ा मन किसका हो सकता है। तुम असली महातमा हो।’

‘मैं एक बहुत दुखी आदमी हूं सोमोती,’ उसने अपने सिर पर हाथ फिराते

हुए कहा: 'वैर से वैर घटता नहीं, बढ़ता है। घिन से घिन बढ़ती है।'

सोमोती ने उसके पांव पकड़कर रोते हुए कहा: 'तुम मानुस नहीं देवता हो लाला...'

वह उठकर खड़ा हो गया। बोला: 'नहीं, नहीं, छूना नहीं... औरत की छाया से सांप भी अन्धा हो जाता है...'

सोमोती वेदना और लज्जा से पानी-भरे नेत्रों से देखती रही। और बोली: 'तुम्हारे मन को जो दुख पहुंचा है, उसीसे तुम बेकल हो गए हो—दुनिया की सभी औरतें एक-सी नहीं होतीं। सभी मर्द भी तो एक-से नहीं होते...एक वे थे... एक तुम हो...'

'कोई हो न हो, अपना क्या! मैंने तो अपना काम कर दिया। अब तुम जानो तुम्हारा काम जाने। शिवलाल छूट सकता है अभी। लेकिन उसमें मेरी बदनामी है। तुम कह दो तो उठा लूं!'

'पापी को दण्ड मिलना चाहिए, न कि बेपाप को।'

'ठीक से, यही मैंने भी सोचा था,' किशनलाल ने बैठकर कहा। 'लेकिन कसूर शिवलाल का ही है। क्या बिना जांच किए किसीकी हत्या करना ठीक है? खूनी वह है, इसमें क्या शक है? रहा यह कि जाविली ने कुछ भी किया, किया, उसका मुझसे ताल्लुक है। मैं भुगतूंगा उसे। फिर सोचता हूं कि जाविली अब तो पकड़ में आ गई, मगर तब तो नहीं कहेगी! और फिर बिहारी। वह भी सदा को जेल जाएगा। मुझे बदरी को देखना है भाभी, जिसने यह सारे बीज बोए हैं, लेकिन मेरे पास धन नहीं है। तुम एक काम करो।'

'जो कहोगे करूंगी।'

'मैं तो चला जाता हूं उत्तराखंड,तुम किसीसे न कहना। हिमालय की शांति में, कहते हैं, भगवान रहते हैं। इस झंझट, इस द्वेष, इस कलह, सबसे छूट जाऊंगा वहां। मांग के खा लूंगा। न मिलेगा पेड़ों के पत्ते खा लूंगा। बड़ा सुखी होगा जीवन। पर तुम मदन का ब्याह प्रेम से करा देना, चमेली को रख लेना। हमारे खेत हैं, मदन देख लेगा, पर तुम देखना कि मदन दोनों जून उस अभागिन जाविली को खाना दे दे, कपड़े दे दे। और उसे क्या चाहिए अब?

किए की इतनी सज़ा ही बहुत है। इससे ज़्यादा देने वाले हम हैं भी कौन? मदन और हरचरन और मंगल हैं ही। तुम्हारा काम संभालते रहेंगे। प्रेम का ब्याह कराओगी तो अहसान मानेगी। मदन कहे में रहेगा। इस बच्चे को लाड़ से बिगाड़ न देना। इसे पढ़ा-लिखाकर अच्छा बनाना। भले ही पैसा कम कमाए, मगर शरीफ बने। तुम्हें भगवान ने दिया है। पापी बचते नहीं, देख लो बिहारी को, शिवलाल को, और सच कह दूं रूप को। मैं उससे हमेशा कहता था—मत पाप की कमाई ला, बुद्धि बिगड़ जाएगी, मगर वह कब सुनता था मेरी। तुम जानती हो उसके पास कितना धन था? चलते बखत बताए देता हूं कि खोज लेना उसके कमरे में कोठे में, कहीं पर भी। वह छोड़ गया है काफी। बेकार न गड़ा रह जाए। उस धन से हो सके तो इस बदरी का गर्व मिटाना है।'

यह कह वह विरक्त-सा उठ खड़ा हुआ।

'कहां जाते हो?' वह बैठे-बैठे बोली।

'समय हो गया।' उसने कहा।

'जावित्री पूछेगी तो मैं क्या कहूंगी?'

'उसका मुंह है पूछने को?'

'पर ऐसे मेरे घर से जाओगे तो मैं कहां की रहूंगी?' वह उठ खड़ी हुई।

'क्यों, तुमसे क्या मतलब?'

'मतलब तो कुछ नहीं, पर तुम चले जाओगे तो मुझे रहने कौन देगा? मंगल-हरचरन खा जाएंगे सब। कौन होता है किसीका? और मदन! हैं तुम्हारे भैया। पर कल को आंख फिर गई तो मेरे बच्चे का क्या होगा? हर कोई तो तुम जैसा नहीं होता!'

'जिसको धन दोगी, वह नौकर बनकर रहेगा।'

'धन कहां है इतना?'

'ढूंढ़ो जाकर!'

'तुम भी आओ!'

'न, न! तुम्हारा धन मैं नहीं लूंगा।'

'मैं कहती हूं चलो।' उसने उसके हाथ की ओर हाथ बढ़ाया।

'हां, हां, छूना नहीं...तुम जो कहोगी मान लूंगा, मगर छूना नही,' वह

हटकर बोला। लज्जा से उस समय सोमोती का सिर झुक गया। बोली: 'तुम्हारा मन दुनिया से इतनी नफरत करने लगा है!'

उसने उत्तर नहीं दिया। वह जानता था कि रूप भीतर के कोठे में माल रखता था। उसने उसीमें प्रवेश किया। सोमोती साथ थी।

'कहां है यहां?' सोमोती ने कहा।

वह गौर से देखता रहा। फिर बोला: 'तुम देखो!'

कोठा संगीन था। नीचे भी मज़बूत पत्थर जड़े थे। केवल एक जगह दो पत्थरों के बीच से चींटियां निकल रही थीं।

उसने सिर हिलाकर कहा: 'नहीं है, कुछ नहीं है। मुझे धोखा था।' वह बाहर आ गया। सोमोती भी आ गई।

'अब मैं जाऊं?'

'शाम होने आई। कहां जाओगे?'

'कहीं भी। मंगल नहीं आया? बच्चा कहां है?' उसने पूछा।

'सोया है। उसे मैं हल्की अफीम चटा देती हूं। सोमोती ने उसे गौरव-भरी दृष्टि से देखकर कहा।

'ओह!' वह सिर पकड़कर खाट पर लेट गया। उसने आंखों पर हाथ रख लिया। उंगलियों में से वह सब कुछ देख सकता था।

सोमोती ने कहा: 'तुम थोड़ा लेट लो, शायद मन हल्का हो जाए। मैं जाविल्ली को देखती हूं। जाने क्या हाल होगा। मुझे तो डर-सा लग रहा है। कहीं कुछ कर न बैठे।'

वह बच्चे को बगल के कोठे से गोद में लेकर चली गई। द्वार पर से कहा: 'मंगल अबेर से आएगा, द्वार उड़का जाती हूं। चले न जाना।'

वह जैसे सो गया था। बोला नहीं। जब वह चली गई, वह उठा। दबे पांव कोठे में गया। फिर बाहर आया। कोने में रखी सब्बल उठाके भीतर गया, फिर संदेह की जगह पर अड़ा के उठाया तो पत्थर उठ आया। भीतर एक बक्स था। उसने खोलकर देखा। नोट, रुपये, गहने, वही सब—जो उसने खुद रूप को दिए थे। उसने जल्दी से उन्हें अंगौछे में बांधा और बक्स को फिर टटोला। बीच की लकड़ी हिली तो खींच ली। नीचे जो देखा तो आंखें फटी रह गईं।

ढेर नोट थे। सैकड़ों नोट थे सौ-सौ के! उसने आतुरता से उन्हें भी गमछे में डालकर बांधा और फिर संदूक बन्द करके पत्थर ढंककर, सब्बल जहां की तहां रख दी। अब उसका मन थर्रा उठा। इसे ले कैसे जाए? अंधेरा झुक चला था। उसने पुलिंदा उठाकर एक कोने में रख दिया और फिर लेट गया।

अंधेरा घिर आया। तब वह ऊब गया। परन्तु सोमोती नहीं आई थी। तभी पगचाप सुनाई दी।

सोमोती भीतर आ गई। वह लेटा रहा।

'अरे तुम सो ही रहे हो?' वह बोल उठी। 'मैंने बहू को मना लिया है। वह जार-जार रोती है। मैंने कहा—रो-रोकर बात परगट मत कर। चुप बैठी है, कहती है—कहीं चले न जाएं। मुझे माफ कर दें। मैं तो जूती बनकर रह लूंगी। उनके रूठे पर मेरा कौन है?'

'वह है कहां?'

'घर है। बत्ती कर दूं। तुम रोटी खाकर जाना।'

'कहां?'

'अभी सेंके देती हूं।'

'नहीं, वह अंधेरे में ही खड़ा हो गया और पास रखे कम्बल को उठाकर बोला: 'मैं ये कंबल ले लूं!'

'क्या करोगे?'

'जाऊंगा।'

उसने कंबल ले लिया।

'नहीं,' सोमोती ने कहा।

'मेरी गलती थी।' किशनलाल ने कहा: 'कंबल मुझे नहीं मांगना चाहिए था।' उसने कम्बल उठाकर कोने की गठरी पर फेंक दिया। सोमोती विक्षुब्ध हो गई। बोली: 'मैं कम्बल की नहीं कहती थी, तुम्हारे जाने को कहती थी।'

'क्यों रोकती हो मुझे?'

'तुम्हारे साथ अन्याय हुआ है। मैं तुम्हें इस तरह नहीं जाने दूंगी।'

अंधेरा घना था। सोमोती ने उसका हाथ पकड़ लिया। किशन ने फूत्कार किया: 'छोड़ दो मुझे! छुओ मत!'

'नहीं छोड़ूंगी! छूऊंगी!' उसने कसकर पकड़ लिया।

उस अंधकार में किशनलाल ने उसके कंधे पर हाथ रखकर कहा: 'सच सोमोती! तू बड़ी अच्छी है।'

'तुम जानते हो! आज तक किसीने नहीं कहा।'

'भगवान अन्याय करता है। उसने अनमेल मेल कर दिया। अगर जावित्री रूप की होती, और तू मेरी, तो दुनिया कितनी अच्छी होती। लेकिन ऐसा नहीं हुआ।'

और उसकी आंख से टपका आंसू सोमोती के गाल पर जा गिरा। 'तुम रो रहे हो?' उसने भर्राये स्वर से कहा।

'मैं क्या करूं?' उसने उसे हटाकर कहा और खाट पर घुटनों पर कुहनियां टेककर हथेलियों में मुंह छिपा लिया। वह भी खाट पर बैठ गई बगल में और उसके सिर पर हाथ फिराकर कहा: 'रोओ मत! मैं तो तुम्हारे पास हूं।'

'तुम मेरे पास हो?' उसने उसके कंधे पर सिर धर दिया और उसकी भुजाओं को पकड़कर कहा: 'तुम तो मुझे धोखा नहीं दोगी?'

'नहीं! कभी नहीं!'

'तुम झूठ कहती हो।'

'मैं सच कहती हूं।' उसने आश्वासन के रूप में अपने हाथ उसकी गर्दन पर रख दिए। देर तक वे उस ऊष्मा का अनुभव करते रहे। उस स्पर्श में मांसल जीवन अपनी अभिव्यक्ति पा रहा था। और किशन के गर्म-गर्म श्वास सोमोती के श्वासों से टकरा गए।

कहीं कोई खांसा। अंधेरे में ही वह उठ खड़ा हुआ।

'अब तो नहीं जाओगे?' सोमोती ने पूछा।

'तुमने मुझे फिर से बांध लिया भाभी। तुम्हारे कर्जे को चुकाऊंगा। तुमने टूटे कांच को जोड़ दिया। तुम्हारा बच्चा बड़ा हो, फले-फूले।'

वह बढ़ा और कम्बल उठा लिया। कम्बल के साथ गठरी भी। बोला: 'इसे लिए जाता हूं। यह आज की मुझे सदा याद दिलाती रहेगी।'

सोमोती ने कुछ नहीं कहा। धड़कते दिल से किशनलाल घर आ गया।

वह भीतर पहुंचा। पहले गठरी छिपा दी, फिर कम्बल रख दिया। जावित्री किवाड़ की ओट आ गई।

किशनलाल ने कहा: 'खाने को कुछ बनाया है?'

'लाती हूं।' कहकर वह चली गई। थाली लगाके लौटी, सामने रखी और डंडौत की। चरनरज माथे से लगाई और आंसू पोंछते हुए हट गई।

किशन ने हंसकर कहा: 'पगली! गलती किससे नहीं होती! रोती है! हूंः!!'

बैठकर चैन से खाना खाया और फिर बीड़ी सुलगाई। धुआं उड़ने लगा। आज उसकी प्रतिहिंसा शांत हो चुकी थी। अब जीतने को केवल बदरी रह गया था। एकाएक वह उठ खड़ा हुआ। उसने कौंधनी निकाली और कपड़ों में छिपा ली।

उस समय बदरी बैठा हुक्का पी रहा था।

देखते ही चौंका। किशन के चेहरे पर मुर्दनी छा रही थी।

'कौन पंडित! तुम!'

'हां बौहरे!' वह हताश-सा बैठ गया। 'मैंने तुम्हें बहुत धोखा दिया है न? इसका फल मुझे ऊपर वाले ने दे दिया। भैया गए! गए न?' उसने आंखें पोंछ लीं।

बौहरा सशंकित हो गया। बोला: 'गरीब की आह योंही नहीं जाती पंडित। कभी न कभी रंग लाती है।'

'लाती है! ज़रूर लाती है। कौन मना कर सकता है?' उसने कहा।

'आज कैसे आए?'

'प्रासचित्त करने आया हूं बौहरे, पर डर लगता है कहीं तुम पुलिस में बंद न करवा दो।'

'कैसे?'

उसने नोटों की गड्डी निकालकर सामने धर दी और कहा: 'कबूल करो।

ना न करना। कह दो, जो लिया था सो चुका गया।'

बदरी ने गिने। पूरे तीन हज़ार थे। सौ-सौ के नोट थे। आंखें फट गईं। मनुष्य इतना भला भी हो सकता है यह एक नया अनुभव था। उसने उसकी ओर देखा। आंखें आंसुओं से भरी थीं। बदरी ने उसे सीने से लगा लिया।

'तुमने मुझे माफ कर दिया बौहरे! मैं इतने दिन तक मज़बूर था।'

'कैसी बातें करते हो पंडित!' बदरी ने रुपये उठाकर तकिये के नीचे रख लिए।

किशन ने फिर कहा: 'बौहरे! पाप का फल अच्छा नहीं होता, अब एक बात कह दूं। मेरा मन फट रहा है।'

'कह दो भैया! एक मैं पापी हूं, जिसके कारण तुम्हारे भैया के प्राण गए।'

बदरी ने सिर झुका लिया।

'रहने दो, नहीं कहूंगा,' किशनलाल ने कहा। 'पर नहीं। अब छिपाने से क्या लाभ? वे तो रहे नहीं। जो चीज़ उन्हें खा गई वह मैं अपने पास नहीं रखूंगा। यह लो अपनी अमानत।' उसने कौंधनी निकालकर सामने रख दी। बदरी ने पागल की तरह उसे पकड़ लिया।

'तुम लाए हो! देवता!' बदरी ने उसके पांव पर सिर धर दिया। फिर उसे परखा। बोला। 'वही है! वही है! तुममें इत्ता दम है?'

'भैया ने रखी थी। बिहारी ले गया था। मैंने तो तब भी इशारा किया था तुम्हें। पर तब मेरा मुंह बन्द था। क्या ले गए वे अपने साथ? कहां है बिहारी अब! इस धन के पीछे क्यों आदमी पागल हो जाता है बदरी बौहरे!'

बदरी समझ नहीं पाया कि इस उपकार का बदला कैसे दे। बोला: 'तुम देवता ही नहीं, तुम तो भगवान हो। साच्छात भगवान!'

जब किशन उसके घर से आ गया, अपने-आप अंधेरे में उसके पांव थाने की ओर उठ चले। दरोगा जी इधर शिवलाल के मामले में काफी मिल चुके थे। बिठाया।

'कैसे आए पण्डतजी?' पान चबाते हुए कहा।

'यों ही हुज़ूर। बखत की बात है। हमारे भाई मार डाले गए, मगर सज़ा उसे नहीं मिली जिसका कसूर है।'

'क्या कहते हो। बदरी तो लुट गया।' दरोगा जी ने चौंककर कहा।

'वह बड़ा जाली है।' किशन ने कहा: 'बड़ा जालिम है। अजी घर में माल रखकर थाने में चोरी लिखा दे और किसीको भी पकड़वा दे। उसके पैसे में दम है।'

'क्या बकते हैं पंडतजी!' दरोगा ने कहा, 'उस साले की इतनी मज़ाल की हमें चकमा दे जाए!'

'तो हुज़ूर! पुलिस क्या चकमेबाजों का महकमा है? कभी आपने तलाशी भी ली?'

'आपको कैसे पता उसके यहां माल निकलेगा?'

'हुजूर, वो इनकमटैक्स देता है? जब इत्ता बड़ा बौहरा है तो ज़रूर देता!'

'नहीं देता, उससे क्या, बहुत-से नहीं देते!'

'हुजूर ने पकड़वाया?'

'हम क्यों पकड़वाएं? कोई मुखबिर बने तो ही हम आगे कदम रखते हैं। आप शक का बिना बताएं। देखिए, फिर क्या करते हैं!'

'हुजूर खफा होंगे। लोग तो यों डरते हैं कि बता भी दें, पर आगे मामला चलता नहीं। मुखबिर घिर जाता है।'

'अजी इस मामले में नहीं। एक आदमी मर चुका है।'

'मगर बदरी हज़ारों धर देगा आपके कदमों में।'

'देखेंगे उसे भी। तुम शक बताओ।'

'हुज़ूर बात यह है। उसने जिन चीज़ों की लिस्ट बताई है। वो मैं देख लूं।'

'बताना जी!'

दीवान जी ने मठारकर कहा: 'बताता हूं हुजूर।'

वे सुनाने लगे। ज्योंही कौंधनी का नाम आया किशनलाल ने कहा: 'बस

सुन लिया हुजूर। बता दूंगा। मगर गरीब सताया हुआ है। आगे भले ही छोड़ दें गवाही कमज़ोर करके, मगर बन्द वो होगा, और झूठी रिपोर्ट लिखाने के लिए 182 उसपर चलेगी। मेरी बस यही शर्त है।'

'मंजूर।'

'तो उसकी तलाशी इसी वक्त जबर्दस्ती लीजिए। कौंधनी उसके पास है। कह रहा था वह अपने घर के सामने किसीसे—मैं अंधेरे में देख न पाया।'

'क्या कह रहा था?'

'कहता था हुजूर, ज़रा बात बेअदबी की है...आप बुरा मान जाओगे।'

'कहो जी तुम!' दरोगा जी ने उत्सुकता से कहा: 'किससे कह रहा था?'

'मैं जानूं शंभू था, पर पक्की नहीं कह सकता, शायद कोई और हो। वो कहता था—अबे जा! दरोगा को तो चांदी की जूतियां मार के ठीक कर दूंगा। मगर वो माल अब जल्दी हटवा दे, वर्ना ठीक नहीं है ज़्यादा खतरा मोल लेना!'

'स्साला!' फिर दरोगा जी ने पुलिस मदरसे की भारी गालियां दीं, जिनका असर गोलियों से ज़्यादा था: 'उसकी ये मजाल! हमें जूती! तो देख साले जूता! देख हमारी ठोकर! दीवान जी!'

'हुजूर!' वही घिसी आवाज़ आई, नपी-तुली।

'पर हुजूर,' किशन ने कहा: 'गवाह आप दस तैयार कर ही सकते हैं, मेरा नाम न दें, क्योंकि मैं रामलाल का भाई हूं, और बिहारी का पैरोकार भी।'

'ठीक है,' दरोगा ने उठते हुए कहा: 'मगर साला जाएगा कहां!'

जब वह बाहर आ गया तब दीवान जी भी साथ आए।

बोले: 'क्या बात है?'

उस भोले-भाले आदमी के हाथ पर दस रुपये का नोट रखकर किशन ने कहा: 'समझ गए?'

'समझ गया यार!' उन्होंने गद्गद होकर कहा: 'साला अभी बंद हो जाएगा। फिक्र मत करो। माल निकलना चाहिए।'

बात की बात में गांव में खबर फैल गई कि पुलिस बदरी बौहरे की तलाशी ले रही है। भीड़ इकट्ठी हो गई। और तब सबने देखा कि एक कौंधनी लालटेन की रोशनी में दरोगा जी के हाथ में हिल उठी। दीवान जी ने लपककर उसे पकड़ लिया।

बदरी का घिघियाना भीड़ के क्रुद्ध कोलाहल में डूब गया। 'ओ रंडुए भैंसे! तेरा आगे-पीछे था कौन जिसके लिए तूने यह सब किया! रामलाल को जान से मार डाला?'

बदरी धूल में मिल गया।

उपसंहार

सारा गांव कहता है कि पापी को फल मिलता है, सो बदरी को मिल गया। बड़े-बूढ़े कहते हैं कि उसके राज में देर है, अंधेर नहीं। पंडित कहते हैं—रावण भी तब मरा था जब ऋषियों की हड्डियां उसने धूप में सूखा ली थीं। ऐसे ही रामलाल और बिहारी तबाह हो गए, बलिदान दे गए। ऐसे आदमी ही मर-गिरकर धर्म की स्थापना करते हैं। सड़कों पर जो आदमी चिल्लाता फिरता है वह बिहारी है, जो कभी हंसता है, कभी रोता है। उसे कोई दयालु भीख दे देता है तो खा लेता है।

धन का लालच बुरी चीज़ है। उसके लिए कतल करके शिवलाल फांसी पर चढ़ गया। चढ़ना ही था।

मगर देखो किशनलाल कितना भला आदमी है। उसने बिगड़े-उजड़े घर को बचा लिया वर्ना औरतों का क्या हाल होता!

मदन की बहू प्रेम कहती है कि किशनलाल मनुष्य नहीं देवता है। चमेली कहती है: 'वह स्वयं भगवान है।' जाविली कहती है: 'वह तो भोलानाथ है।' और सोमोती कहती है कि वह तो भगवान शिव है, जिन्होंने दूसरों के लिए ज़हर पी लिया था...चार औरतें एक स्वर से बोलती हैं, तो सारे गांव की स्त्रियां

कहती हैं......।

लोग-बाग अपने लड़कों से कहते हैं, इधर-उधर डोलकर बखत मत बिगाड़ो। जब भगवान ने ऐसा आदमी दिया है तो उससे कुछ सीखो। देखो किशनलाल कैसी-कैसी ज्ञान की बातें करता है। ऐसे आदमी कभी-कभी पैदा होते हैं।

○○○